Chris Archer

Der Alpha-8-Code

Aus dem Amerikanischen
von Angelika Eisold-Viebig

Arena

In neuer Rechtschreibung

Deutsche Erstausgabe
1. Auflage als Arena-Taschenbuch, 2002
Titel der Originalausgabe:
Out of Time/09 Mindwarp by Chris Archer

Published by Arrangement with 17TH STREET PRODUCTIONS INC.
Dieses Werk wurde vermittelt durch die Literarische Agentur Thomas Schlück GmbH, 30827 Garbsen.

Aus dem Amerikanischen von Angelika Eisold-Viebig

Umschlagillustration: Arndt Drechsler
Umschlagtypografie: Agentur Hummel + Lang
Gesamtherstellung: Westermann Druck Zwickau GmbH
ISSN 0518-4002
ISBN 3-401-02169-9

Arena-Taschenbuch
Band 2169

1. KAPITEL

TODD

Mein Name ist Todd Aldridge. Ich wurde an meinem dreizehnten Geburtstag entführt.

Wenn ich jetzt so darüber nachdenke, muss ich zugeben, dass es zum Teil meine eigene Schuld war. Ich hätte mich damals in der Nacht einfach nicht aus dem Haus schleichen sollen. Um genau zu sein, mein bester Freund, Bentley Ellerbee, hatte mich sogar davor gewarnt, aber ich hatte wie üblich nicht auf ihn gehört. Das war der Unterschied zwischen Bentley und mir. Er war völlig zufrieden damit, zu Hause zu sitzen und zuzusehen, wie andere Leute im Fernsehen aufregende Dinge tun. Ich, ich wollte diese Dinge alle selbst erleben.

Zumindest dachte ich, dass ich das wollte.

Eine Woche zuvor hatten wir beide die gleichen Gerüchte gehört, dass irgendein Lastwagenfahrer merkwürdige Lichter am Himmel über dem Reservoir gesehen hätte. Aber während Bentley lediglich annahm, dass der Typ ein UFO gesehen hatte, wollte ich richtige Beweise dafür sammeln, wollte selbst ein paar Nachforschungen anstellen.

Wenn du mich kennen würdest, könntest du das verstehen. Ich lese ständig irgendwelche Bücher über geheimnisvolle Vorkommnisse oder sehe mir die Steckbriefe an, die in der Hauptpost aushängen. Es ist immer mein Traum gewesen, zum FBI zu gehen. Und obwohl man einundzwanzig sein muss, bevor man sich überhaupt bei der Polizeiakademie in Madison bewerben kann, dachte ich in jener Nacht, dass ich vielleicht doch schon früher Chancen hätte, wenn ich ein wenig Detektivarbeit vorzuweisen hätte.

Außerdem brauchte ich eine Entschuldigung, um das Geburtstagsgeschenk auszuprobieren, das mein Stiefvater mir gerade geschenkt hatte: einen Fotoapparat, einen X-1000 mit einigen Extras wie Supertele, Autofocus und Infrarotfilter, mit dem man in der Nacht fotografieren konnte. Ich wusste, zumindest das Letztere käme gelegen, nachdem es rund um das Reservoir keine Straßenlaternen gab. Das Reservoir war nur ein großer, runder See von vielleicht eineinhalb Kilometern Durchmesser inmitten des Waldes, der zwischen der Junior Highschool und dem Einkaufszentrum lag.

Mr Holland, unser Biolehrer hat uns mal erklärt, dass dieser See entstand, als ein riesiger Meteor vor Millionen von Jahren auf der Erde einschlug.

Wie auch immer. Es gibt eine Menge Gerede hier über Meteore. Das hat zum Teil mit dem Namen unserer Stadt zu tun, von dem die Leute oft meinen, er laute Meteor, weil es sich so ähnlich anhört. Aber eigentlich heißt die Stadt Metier.

Soweit es mich betraf, hätte sie auch Kaff heißen können.

Ehrlich, in Metier, Wisconsin passierte niemals auch nur annähernd irgendetwas Aufregendes. Das wusste ich genau. Im Jahr davor hatte mir mein Stiefvater zum zwölften Geburtstag einen Scanner geschenkt, mit dem ich die örtlichen Polizeimeldungen aufzeichnen konnte. In den ganzen zwölf Monaten wurde das schwerste »Verbrechen« überhaupt von Ed Beister, dem städtischen Verrückten, begangen: Er badete in dem Brunnen vor dem Rathaus. Nicht unbedingt eine actionreiche Episode von aufregender Polizeiarbeit.

Aber all das wird sich ändern, sagte ich mir, während ich auf dem Weg zum Reservoir war. Ich meine, stell dir nur mal vor: Wenn ich ein Foto vom UFO machen könnte, dann wäre ich in der Lage, ein für alle Mal zu beweisen, dass tatsächlich Aliens existieren. Oder ansonsten einen Schwindel aufzudecken. Wie auch immer, ich würde auf jeden Fall die Aufmerksamkeit von irgendeiner Geheimabteilung des FBI auf mich lenken.

Doch nachdem ich ungefähr zwanzig Minuten lang nachts im Gebüsch und im Schlamm gekauert hatte und lebendig von Stechmücken verzehrt wurde, war mir das Lachen vergangen. Nach weiteren zwanzig Minuten wünschte ich fast, dass der alte Beister vorbeikäme, um sich wieder einmal ein Bad zu gönnen. Dadurch hätte ich wenigstens irgendetwas zu fotografieren.

Ich war schon dabei, einzupacken, als meine Kamera anfing ein merkwürdiges Eigenleben zu entwickeln.

Sie begann eigenartige, summende Geräusche von sich zu geben und vibrierte in meinen Händen, als sei sie besessen. Dann begann der Blitz ununterbrochen loszugehen, ein richtiges Blitzlichtgewitter! Das war so verrückt, dass ich zuerst nicht einmal bemerkte, dass die Wolken über mir angefangen hatten zu schimmern und zu wirbeln, während etwas Großes, Leuchtendes darunter sichtbar wurde.

Mir blieb fast das Herz stehen.

Ich richtete meine Kamera auf den Himmel und spähte nervös in den Sucher. Ich machte mich bereit das preisgekrönte Foto zu schießen, das meine Karriere einleiten würde.

Dann gab es einen blendenden Blitz, heller als alles, was ich jemals gesehen hatte.
Und alles wurde schwarz.

Ich weiß nicht, wie lange ich ohnmächtig war, aber als ich wieder zu mir kam, fühlte es sich so an, als wache ich aus dem längsten Nickerchen meines Lebens auf.
Was war mit mir passiert?
Mein ganzer Körper fühlte sich komisch an – eine Mischung aus Schmerzen und Lähmung. In meinen Ohren klingelte es ununterbrochen und ich hatte einen furchtbaren, bitteren Geschmack im Mund. Ich versuchte meine Augen zu öffnen, aber die Lider fühlten sich schwer an, als ob sie zugeklebt worden seien.
War ich mit Drogen voll gepumpt worden? Gekidnappt? Von Aliens entführt?
Als mein Kopf klarer wurde, merkte ich voller Schreck, dass ich getragen wurde – von mindestens zwei Leuten. Jemand hielt meine Handgelenke und jemand anders hielt mich an den Knöcheln. Wie jeder gute Detektiv beschloss ich so zu tun, als sei ich immer noch bewusstlos, bis ich ein wenig mehr darüber erfahren hatte, wer mich da trug.
Meine erste Entdeckung war, dass, wer immer diese Leute waren, sie nicht besonders groß oder stark sein durften, denn sie schienen Schwierigkeiten zu haben,

mich zu tragen. Alle paar Meter schrammte mein Hinterteil schmerzhaft über den Boden.

Nach und nach, als das Klingeln in meinen Ohren abnahm, konnte ich Teile einer Unterhaltung verstehen. Worte erreichten mich wie ein Radiosender mit schlechtem Empfang.

»... eine Weile ausruhen? ... Arme bringen mich um ...«

»... jetzt nicht mehr weit. Nur noch ungefähr eine Viertelstunde ...«

Es waren zwei männliche Stimmen. Sie klangen jung – etwa mein Alter – und kamen mir bekannt vor. Kannte ich diese Leute? Ich bemühte mich mehr zu verstehen.

»... kann nicht glauben, dass er immer noch bewusstlos ist ...«

»... wird er nicht mehr lange sein, wenn du weiter so an ihm herumzerrst ...«

»... nicht meine Schuld, dass Todd so schwer ist ...«

Mein Herz klopfte heftiger. Wer immer diese Leute waren, sie kannten meinen Namen! Vielleicht kannte ich sie nicht, aber sie mich!

»... zu lange in diesem Zylinder? ... wenn er nie mehr aufwacht? ...«

»... zu viele Sorgen. Ich bin sicher, er ist ... hoppla!«

Die Hände, die meine Knöchel hielten, griffen fester

zu, ließen mich fast fallen und packten mich dann wieder.

»... pass auf ... rutschig ...«

»... wo? Ich sehe nicht ... aaahh!«

Jetzt rutschten die Hände um meine Handgelenke ab und lösten sich völlig. Ich fiel, mein Kopf knallte auf den Boden, so heftig, dass ich Sternchen sah. Ich konnte mich gerade noch beherrschen nicht laut aufzuschreien. Einige Sekunden lang herrschte völlige Stille. Dann:

»Auweia. Wir haben ihn fallen lassen.«

»Ähm ... denkst du, er hat sich verletzt?«

Na toll, dachte ich. Ich bin von Dick und Doof gekidnappt worden.

»Was denkt ihr denn?«, sagte ich, setzte mich auf und griff an meinen schmerzenden Kopf. Ich wusste zwar immer noch nicht, wer meine Entführer waren oder wohin sie mich bringen wollten, aber ich beschloss, dass es auf jeden Fall sicherer wäre, wenn ich selbst dorthin liefe.

Wieder gab es einen Moment erstaunten Schweigens. Dann:

»Todd! Du bist bei Bewusstsein!«

»Wie kommst du nur darauf, Sherlock Holmes?«, murrte ich. Ich rieb mit den Knöcheln über meine Augenlider. Kein Wunder, dass sie sich so schwer angefühlt hatten. Sie waren mit klebrigem Schleim zuge-

klebt. Als ich das Zeug weggewischt hatte, war ich endlich in der Lage, meine Augen zu öffnen.
Was ich sah, ließ mich wünschen, sie wären immer noch zugeklebt.
Die zwei Gestalten, die sich über mich beugten, sahen aus wie die Hauptdarsteller aus »Nacht der lebenden Toten«. Aufgerissene, blutunterlaufene Augen starrten mich aus verdreckten Gesichtern an. Ihre Kleidung war zerfetzt und genauso schmutzig, als ob die beiden sich gerade aus einem Grab freigeschaufelt hätten – oder durch einen Kamin geklettert wären. Einer von ihnen hielt eine Fackel in der Hand, die flackernde Schatten auf unsere Umgebung warf.
Wir befanden uns in einer Art unterirdischem Tunnel. Es war eine riesige Betonröhre, vielleicht zwei Meter im Durchmesser. Die Luft war kühl und roch abgestanden. Über uns hingen merkwürdige Wurzeln aus breiten Spalten herunter. Sie schienen sich im flackernden Licht zu winden wie Schlangen.
Der Zombiejunge mit der Fackel streckte die Hand nach mir aus. »Hab keine Angst«, sagte er zu mir.
»Zu spät«, erwiderte ich und rutschte zurück wie ein erschreckter Krebs.
Ich kam ungefähr einen Meter weit, bevor ich an die Beine eines Zombie-Mädchens stieß. »Todd!«, quietschte sie.

Ich fuhr herum. Dieses Mädchen sah sogar noch entsetzlicher und ausgeflippter aus als die beiden Jungs. Ihr Haar stand in sämtliche Richtungen ab wie das von Medusa und aus ihrer Hüfte wuchs ein Extrapaar Gliedmaßen, wie bei einem Insekt.

»Neeeeeeinnnn!«, schrie ich und mir fielen fast die Augen aus dem Kopf.

»Jack«, schalt das Zombie-Mädchen, sobald mein Schrei aufgehört hatte zu hallen. »Was hast du denn mit ihm gemacht?«

»Ich kann überhaupt nichts dafür«, erwiderte der Junge mit der Fackel. »Er ist einfach ausgeflippt.«

Heh. Moment mal . . .

»Jack?«, wiederholte ich und erkannte plötzlich die Stimme von dem mit der Fackel. »Jack Raynes? Bist du das?«

»Hi, Todd«, antwortete er. »Wie läuft's, Alter?«

Jack Raynes war der Klassenclown an unserer Schule. Er machte ständig irgendwelchen Quatsch, besonders wenn er damit den Unterricht oder irgendeine Schulveranstaltung stören konnte. Als Jack mir das erste Mal auffiel, hatte er Sharon Flood dazu überredet, ihre trainierten Mäuse als Anschauungsobjekte im Biounterricht mitzubringen, – am gleichen Tag, als Cleveland Coopersmith seine einohrige Siamkatze Fangster mitbrachte. (Sagen wir einfach, dass es seither einige trainierte Mäuse weniger auf der Welt gibt.) »Ich hätte wissen müssen, dass das wieder mal einer deiner tollen Witze ist«, sagte ich wütend und stand auf. »Erschrecken wir Todd Aldridge an seinem Geburtstag«, fuhr ich fort. »Ha, ha. Wirklich lustig. Die Kostüme sind aber ein guter Einfall, muss ich zugeben.«

»Kostüme?«, fragte Jack und sah völlig unschuldig drein.

»Was meinst du damit?«, sagte das Zombie-Mädchen, die ich jetzt als Toni Douglas erkannte, eine unserer Cheerleader an der Schule. Nachdem sich meine Augen inzwischen wieder normalisiert hatten, konnte ich sehen, dass ihr »Extrapaar« Beine in Wirklichkeit einem zweiten Mädchen hinter ihr gehörten, das vorher von ihr verdeckt gewesen war. Toni hielt die Beine des Mädchens; ein drittes Mädchen in einem komischen gelben Gummianzug hielt das Mädchen unter den Achseln. Beide ließen ihre Last jetzt zu Boden sinken.

»Wow!«, sagte ich sarkastisch. »Das ist wirklich ein ausgeklügelter Scherz, den ihr hier versucht abzuziehen.«

»Das ist kein Scherz, Todd«, erwiderte Toni.

»Das stimmt natürlich«, sagte ich laut. »Kidnapping ist sogar ein Staatsverbrechen.« Ich drehte mich um und sagte vorwurfsvoll: »Ich wette dein Dad wäre auch an den Dingen interessiert, die du so lustig findest, oder, Ethan?«

Ich war schließlich darauf gekommen, wer der andere Junge war, der mich getragen hatte. Selbst unter seiner schwarzen Schminke sah Ethan Rogers aus wie ein wandelndes Eis am Stiel, nicht im Entferntesten wie sein großer, muskulöser Vater, der Polizeichef von Metier.

»Todd«, sagte Ethan jetzt mit leiser Stimme, »das Ganze muss auf dich im Augenblick wirklich ziemlich merkwürdig wirken; aber wir können alles erklären. Ehrlich. Bleib einfach ruhig ... und bitte sprich leise.«

»Warum?«, schrie ich so laut ich konnte. »Angst, ich könnte vielleicht ungewollt Aufmerksamkeit auf mich ziehen?«

»Todd, bitte!«, flüsterte jetzt eine Mädchenstimme panisch. Das kam aus dem eigenartigen Gummianzug. Ich blickte hinüber und war verblüfft Ashley Rose darin zu erkennen. Sie hatte letztes Jahr einige Stunden mit mir zusammen gehabt. Ich hatte sie nicht gleich erkannt, nachdem sie nicht ihr übliches Outfit trug: schwarze Jeans, schwarzen Rolli und schwarze Armeestiefel.

Ich runzelte die Stirn. Ashley war immer eher eine Einzelgängerin gewesen. Es sah ihr nicht ähnlich, je-

mand einen Streich zu spielen oder mit anderen Kids herumzuhängen – ganz besonders nicht mit jemandem wie Jack. Was machte sie denn nur hier?
»Oh, vergiss es«, sagte Jack und deutete offensichtlich genervt mit seiner Fackel auf mich. »Wenn das der Dank ist, den Todd uns dafür erweist, dass wir sein Leben gerettet haben, würde ich vorschlagen, wir lassen ihn einfach hier. Soll er doch für sich selbst sorgen.«
Mein Leben gerettet? Wovon sprachen sie denn?
»Sei doch vernünftig, Jack«, wies Ethan ihn zurecht. »Todd ist offensichtlich durcheinander. Er denkt immer noch, es sei sein dreizehnter Geburtstag.«
»Du meinst, das ist es nicht?«, fragte ich erschrocken. Wie lange war ich denn bewusstlos gewesen? Tage? Wochen? Länger? »Es sollte mir vielleicht endlich jemand erklären, was hier los ist«, verlangte ich und versuchte mir meine Nervosität nicht an der Stimme anmerken zu lassen.
Jack schnaubte. »Willst du die lange Version oder die kurze?«
»Eine, die in die nächsten zwei Minuten passt«, sagte ich mürrisch.
Die anderen tauschten müde Blicke aus. Ethan seufzte. »Okay«, begann er. »Aber zuerst muss ich dir einige Fragen stellen. Zum Beispiel, was das Letzte ist, woran du dich erinnerst, bevor du jetzt aufgewacht bist.«

»Ich war am Reservoir. Es war gegen Mitternacht. Da war ein eigenartiges Licht am Himmel. Dann müsst ihr Kerls euch an mich herangeschlichen und mich bewusstlos geschlagen ha. . .«

»Ja, ja«, unterbrach mich Jack. »Erzähl mal, was du über deinen Vater weißt, Todd.«

Die Frage traf mich völlig unvorbereitet, aber ich beschloss mitzuspielen. »Mein Stiefvater? Ähm. Er ist groß und hat graues Haar. Verhält sich wie ein Vater, ihr wisst schon, geht zur Arbeit, kommt nach Hause . . .«

»Nicht dein Stiefvater«, unterbrach Toni. »Dein leiblicher Vater. Derjenige, der verschwand, als du vier Jahre alt warst.«

»Heh«, sagte ich, »woher weißt du das?« Mein Vater verschwand tatsächlich, als ich noch im Kindergarten war. Aber niemand außer meiner Mutter und ich wussten davon.

»Weil jeder von uns auch Eltern hat, die in demselben Jahr verschwanden«, erklärte Ethan. »Meine Eltern. Ashleys und Tonis Mütter, Jacks Vater, Elena Vargas' Vater ebenfalls«, sagte er und deutete auf das Mädchen, das neben Toni und Ashleys Füßen lag und schlief. »Sie sind alle an genau demselben Tag verschwunden . . . und sie waren alle Alphas.«

»Alle was?«

»Alphas«, sagte Ashley. »Soldaten aus der Zukunft. Teil eines geheimen Regierungsprojekts, um die ultimativen Streitkräfte zu schaffen. Menschen, die genetisch verbessert wurden, um spezielle Supermächte zu entwickeln.«

»Oh, ja, natürlich«, sagte ich sarkastisch. »Alphas! Und ich nehme an sie benutzen ihre Superkräfte, um die großen, bösen Betas zu bekämpfen.«

»Nein, ihre Feinde heißen Omegas«, erwiderte Ethan.

Ich begann zu lachen, bis ich Ethans Gesichtsausdruck bemerkte. Er meinte es todernst.

»Es waren die Omegas, die unsere Eltern dazu zwangen, zu verschwinden, als wir noch klein waren«, fuhr Toni fort. »Ich glaube, unsere Eltern dachten, dass wir in Sicherheit wären, wenn sie verschwanden. Aber so war es nicht. Die Omegas waren auch hinter uns Kindern her.«

»Warum?«

»Weil wir Alpha-Blut in unseren Venen haben«, antwortete Ashley. »Und als wir dreizehn wurden, bekamen wir Alpha-Kräfte.«

Jetzt wurde es langsam interessant. »Welche Art von Kräften denn?«, fragte ich.

»Ethan hat unglaubliche Kampffähigkeiten«, zählte Toni auf, als ob sie alles auswendig wüsste. »Ashley kann ewig unter Wasser bleiben und wie ein Delfin schwimmen. Elena kann die Zukunft voraussagen und ihren Astralleib schweben lassen. Und Jack . . .«

». . . ist ein Meister der Kommunikation«, unterbrach Jack. »Ich spreche Zillionen von Sprachen und kann alle Arten von Codes und fremden Texten entschlüsseln.«

»Und du?«, fragte ich Toni.

»Ich kann Elektrizität aufsaugen und durch meine Handflächen kleine Blitzschläge abgeben«, erklärte sie, so einfach, als ob sie sagen würde: Ich kann meine Knöchel knacken lassen.

»Außerdem soll ich Zeitsprünge machen können«, fügte sie hinzu, »obwohl ich das noch nicht so genau raushab.«

»Oh ja, und wir haben alle silbernes Blut«, fügte Ethan hinzu.

»Klar, klar«, sagte ich und versuchte meine Skepsis nicht zu zeigen. »Ich denke, ich habe es verstanden. Du wirst dreizehn, dein Blut wird silbern, du kriegst übermenschliche Kräfte und dann verfolgen dich die Omegas.«

»Genau Todd!«, stieß Ashley hervor. »Ganz genauso ist es.«

»Nur dass in deinem Fall die Omegas dich erwischten, bevor du dich verändert hattest«, fuhr Ethan fort. »Also hatten deine Fähigkeiten noch keine Chance, sich zu zeigen.«

»Die Omegas haben mich erwischt?«
»Am Reservoir, Todd!«, rief Toni aus. »Das UFO, das du gesehen hast, war in Wirklichkeit die Zeitmaschine der Omegas. Sie haben dich entführt und dich mit in die Zukunft genommen. Dann haben sie dich in einen Zylinder in ihrem Hauptquartier gesteckt und dich dort über Monate hinweg in künstlicher Bewusstlosigkeit festgehalten.«
»Wo du immer noch wärst, wenn wir dich nicht heute rausgeholt hätten«, warf Jack ein.
»Willst du sagen, ihr habt mich gerettet?«
»Dich und Elena, die immer noch bewusstlos ist.« Ashley deutete auf das schlafende Mädchen. »Und dann haben wir die Omega-Basis in die Luft gesprengt, aber sie entkamen in ihrer Zeitmaschine.«
»Aha, ich verstehe«, sagte ich. »Also ... deshalb seht ihr alle aus wie Zombies? Wegen der ... ähm, Explosion?«
»Genau«, bestätigte Ethan zögernd. »Du glaubst uns nicht, oder?«
Ich schwieg einen Moment und versuchte alles zu verdauen, was sie mir gerade erzählt hatten. Es war eine Menge, um meinen Verstand wieder in Gang zu setzen. »Ich glaube euch ...«, sagte ich schließlich.
»Wirklich?«, fragte Toni.
Ich nickte. »Ich glaube, euch allen ist irgendwie die Sicherung durchgebrannt!«

Und damit drehte ich mich um und rannte los.

»Todd! Warte! Komm zurück! Todd!«
Die Stimmen der anderen schallten mir nach. Aber ich hörte nicht auf sie. Ich rannte einfach. Es war schwer, in dem dunklen Tunnel irgendetwas zu sehen. Genauer gesagt – unmöglich. Aber das hielt mich nicht auf.
Sherlock Holmes hatte ein Sprichwort über die Wahrscheinlichkeit. Sobald du die unmöglichen Elemente eines Falles eliminiert hast, ist das, was übrig bleibt, wie unwahrscheinlich es auch sein mag, deine Lösung. Ich versuchte seinem Rat jetzt zu folgen, aber als ich all die unmöglichen Elemente von dem abzog, was Ethan, Ashley und die anderen mir gerade erzählt hatten, blieb überhaupt nichts übrig. Es war alles unmöglich!
Alphas. Omegas. Silbernes Blut. Superkräfte. Bewusstlosigkeit. Zeitreisende. UFOs.
Ja, klar!
Ich kam wieder zu meiner ursprünglichen Theorie zurück: Dies war nur ein ziemlich ausgeklügelter Streich. Die anderen hatten mir ganz einfach einen Schlag auf den Kopf gegeben und dann hatten sie mich in irgendein Abwasserrohr geschafft. Warum? Das war mir jetzt auch egal. Das Einzige, worauf es nun ankam, war hier rauszukommen.

Ich sah ein schwaches Licht vor mir. Ich legte einen Extrazahn zu und bald stand ich vor einer Reihe von Eisensprossen in der Mauer, die in einen senkrechten Schacht führten. Das Licht kam von oben.
Hinter mir konnte ich die schnellen Schritte der anderen hören, die immer näher kamen. Es war keine Zeit zu verlieren. Ich fasste eine Sprosse und begann zu klettern. Das Metall fühlte sich kalt und solide unter meinen Händen an. Endlich, dachte ich dankbar, endlich etwas Echtes, um mich daran festzuhalten.
Ungefähr sechs oder sieben Meter weiter oben hatte ich eine schwere Metallplatte erreicht. Es war so etwas wie die Abdeckung eines Einsteigeloches oder so ähnlich. Helles Sonnenlicht fiel durch einige winzige, rautenförmige Löcher. Ich stieß mit aller Kraft gegen den Deckel. Mit einem dumpfen Ächzen gab er nach.
Ich fragte mich, was ich wohl über mir vorfinden würde. Das Einkaufszentrum? Die Schule? Ich hatte wirklich nicht die geringste Ahnung. Auf jeden Fall hatte ich noch einiges zu lernen, wenn ich Detektiv werden wollte.
Aber selbst die beste Ausbildung zum Detektiv hätte mich nicht auf das vorbereiten können, was ich als Nächstes sah.
Da war kein Einkaufszentrum. Da war keine Schule.

Da waren nur Ruinen – die verwüsteten Überreste einer Stadt.

Ein trockener Wind heulte über die mit Kratern überzogene Erde und wehte grauen Staub hoch in die Luft, in einen blassgelblichen Himmel. Ich musste meinen Mund und meine Nase gegen die faule Luft bedecken. Betonschutt, zerbrochener Asphalt und die verfallenen Betonskelette von ausgebombten Gebäuden erstreckten sich, so weit ich sehen konnte.

Ich zog mich aus dem Loch und sah mich nach irgendetwas um, was mir sagen könnte, wo ich mich befand. War das eine Art Testgelände der Regierung, wo sie neue Waffen ausprobierten? Selbst die Sonne sah anders aus. Sie war zu weiß und zu grell, wie ein böses Auge am Himmel.

Ich begann langsam zu vermuten, dass dies doch kein Streich war. Selbst Jack Raynes hätte Schwierigkeiten, die Sonne auszutauschen.

»Glaubst du uns jetzt?«, kam Jacks Stimme von hinten.

Ich war zu schockiert, um zu antworten. Ich stand einfach da, während die anderen neben mir hochkletterten. Ethan half Toni und Ashley, die bewusstlose Elena aus dem Loch zu heben.

Schließlich fand ich meine Stimme wieder. »Wo sind wir?«

»Gestrandet«, erwiderte Ethan, »in der fernen Zukunft der Erde.«
»Dann ist das wirklich alles wahr?«, fragte ich. »Mit den Omegas und dass sie mich entführt haben und ihr die Basis in die Luft gesprengt habt und alles?«
Als Antwort deutete Ethan zum Horizont, wo eine dicke Säule schwarzen Rauches in den Himmel stieg. »Das war einmal die Kuppel der Omegas.«
Plötzlich fühlten sich meine Beine ganz schwach an. Ich setzte mich auf den staubigen Boden. »Wow!«, sagte ich und zog meine Knie an die Brust. »Ich schätze, das heißt dann, es ist nicht mein Geburtstag. Ttaaag. Gegegeburtstatatatag.«
»Todd?«, sagte Ethan und sah mich merkwürdig an. »Ist alles in Ordnung?«
Ich versuchte ihm zu antworten, konnte es aber nicht. Ein eigenartiges Gefühl hatte sich meines Körpers bemächtigt. Meine Muskeln zuckten unter meiner Haut.
»Al-les Gu-te zu-um Ge-burst-tag«, stotterte ich. Ich hatte keine Kontrolle über meinen Mund. Es war, als ob jemand anders meine Zunge benutzte.
»Alles in Ordnung?«, fragte mich Ashley.
»Wenn du dich übergeben musst«, fügte Toni hinzu und rümpfte die Nase, »versuche auf Jack zu zielen.«
»Ich fü-hle mmmmich kommmisch«, stieß ich hervor. Mein ganzer Körper zuckte jetzt. Es war das Merk-

würdigste, was ich jemals gespürt hatte, als ob sich die Knochen unter meiner Haut bewegten und veränderten.

»Was macht er?«, flüsterte Jack. »Wird er ohnmächtig?«

»Nein«, erwiderte Ethan. »Ich glaube, er ist gerade dabei herauszufinden, worin seine Kräfte bestehen.«

2. KAPITEL

TONI

Ich starrte Todd an und wünschte, es gäbe etwas, was ich tun könnte. Zuerst hatte ich sagen wollen, Schätzchen, es ist doch gar nicht so kalt, du kannst jetzt aufhören zu zittern. Aber als seine Zuckungen anhielten, wusste ich, dass irgendetwas nicht stimmte.

Er war schließlich fast ein Jahr Gefangener der Omegas gewesen, bewusstlos in einem Plastikzylinder. Vielleicht hatte er sich an diese gelbe Flüssigkeit im Zylinder gewöhnt. Konnte es sein, dass er jetzt erstickte, wo er an der frischen Luft war? Er sah aus wie ein sterbender Goldfisch, wie er so heftig zuckte. »Soll ich es mit Mund-zu-Mund-Beatmung probieren?«, fragte ich die anderen.

»Findest du nicht, dass er auch so schon genug leidet?«, fragte Jack.

»Es ist mein Ernst«, sagte ich. »Vielleicht braucht er Sauerstoff.«

Doch inzwischen wurde klar, dass Todd kein Problem mit seinen Lungen hatte. Der Junge hatte viel schlimmere Probleme. Was als Zittern und Zucken begonnen hatte, war jetzt ... na ja, ein regelrechtes Vibrieren. Und es war nichts, was auf der Richterskala zu finden wäre. Sein Körper vibrierte immer schneller, wie die Bürsten einer elektrischen Zahnbürste. Es wurde schwierig, seine Gesichtszüge deutlich zu erkennen. Zuerst sah er aus wie ein Film, der vorgespult wird, dann wie ein verschmiertes Gemälde von sich selbst.

Während wir wie erstarrt zusahen, begann er wieder Form anzunehmen. Ich konnte die Umrisse seiner Hände und Beine erkennen. Aber sie schienen irgendwie anders. Größer.

Dann war es vorbei und Todd saß wieder still.

Nur dass er sich verändert hatte.

Klar, er hatte immer noch das gleiche schwarze Haar und die gleichen blauen Augen. Aber jetzt sah er ungefähr wie vierzig aus.

»Ist das seine Fähigkeit?«, fragte Ashley. »Superschnelles Altern?«

»Cool«, sagte Jack. »Er kann den Führerschein machen und in für uns verbotene Filme gehen!«

»Ich hoffe, das passiert nicht jedes Mal, wenn er seine Kräfte einsetzt«, meinte Ethan. »Ende der Woche wäre er dann der älteste Mann auf der Welt.«

»Heh, das wäre aber auch cool«, rief Jack aus. Jack kannte das ganze Guinness-Buch der Rekorde auswendig, was wohl zu der Art von Dingen gehört, die Dreizehnjährige mit zu viel Zeit cool finden.

»Haltet die Klappe, Leute«, sagte Ashley, »Ich glaube, er versucht etwas zu sagen.«

Der ältere Todd hatte sich in unsere Richtung gewandt. Er sah uns aber eigentlich nicht richtig an, sondern starrte irgendwie geradeaus. »Alles Gute zum Geburtstag, mein Sohn«, sagte er und lächelte breit.

»Sohn?«, wiederholte Jack und hob die Augenbrauen. »Mit wem spricht er denn?«

Der verwandelte Todd erhob sich. Mehr als nur seine Größe und sein Alter hatte sich verändert. Er trug auch völlig andere Kleidung: einen marineblauen Overall, wie ein Astronaut ihn tragen würde. Ich bemerkte den Kleinbuchstaben a mit Goldfaden über die Brusttasche gestickt.

»Wenn alles nach Plan verlaufen ist«, fuhr der veränderte Todd fort, »müsstest du gerade dreizehn geworden sein. Sei nicht erschreckt über das, was eben passiert ist. Was du im Augenblick erlebst, ist nur die Manifestation deiner besonderen Fähigkeit – ein kleines biologisches Geburtstagsgeschenk deines alten Herrn.«

»Wow!«, flüsterte Ashley. »Das ist keine ältere Version von Todd. Es ist sein Vater!«
»Kann das noch verrückter werden?«, flüsterte ich zurück.
»Ich kann deine Fragen nicht hören«, fuhr der Mann freundlich fort, »aber ich kann dir Antworten geben, also hör einfach zu.
Du, Todd, bist eine Art menschliches Aufzeichnungsgerät. Und als Aufzeichnungsgerät bist du praktisch perfekt. Du hast ein fotografisches Gedächtnis. Du kannst eine grenzenlose Zahl von Informationen in deinem Gedächtnis speichern: Texte, Bilder, Video, Audio, was auch immer.« Der Mann zwinkerte. »Hausaufgaben werden um einiges leichter werden.«
»Hat der ein Glück«, murrte Jack.
»Und das ist noch nicht alles«, fuhr Todds Vater fort. »Du kannst mehr, als nur Informationen speichern. Du kannst sie auch wiedergeben. Du wirst entdecken, dass du jeglichen Klang oder jegliche Stimme nachahmen kannst. Selbst holografische Aufzeichnungen sind für dich kein Problem.«
»Was ist mit Videospielen?«, fragte Jack mich leise. »Sega, Nintendo? Wo können wir denn die Spielkassette einschieben?«
Glücklicherweise konnte Todds Vater ihn nicht hören. Er fuhr fort mit seiner tiefen, freundlichen Stimme zu

erzählen. »Jetzt im Augenblick spielst du ein dreidimensionales Bild von mir ab, welches dir diese Nachricht übermittelt. Du kannst alles abspielen, was du siehst – alles, was du tun musst, ist, es in dein Gedächtnis zu scannen. Das kann äußerst nützlich sein. Indem du zum Beispiel das Bild von jemand anders über dein eigenes projezierst, wie es gerade im Augenblick passiert, kannst du sogar diese Person zu sein scheinen. Die vollkommene Verkleidung.«

Ich nahm mir vor nicht zu vergessen, dass – wenn wir es jemals wieder zurück in die Vergangenheit schafften – Todd mein Partner für den Abschlussball sein würde. Alles, was er brauchte, war ein Smoking . . . und Leonardo DiCaprios Aussehen.

Während ich fortfuhr, mir auszudenken, wie man Todds Fähigkeiten am besten einsetzen konnte, erzählte das holografische Bild seines Vaters die Geschichte der Alphas und der Omegas. Einen Großteil davon hatten wir bereits selbst herausgefunden.

Unsere Eltern, die Alphas, waren die erste Version von »Supersoldaten«, welche die US-Regierung geschaffen hatte. Acht Männer und Frauen, die genetisch so verbessert waren, dass sie in feindlichem Klima überleben konnten und mit übermenschlichen Kräften ausgestattet waren. Unglücklicherweise hatten sie einen Makel. Das Militär wollte kalte, brutale

Killermaschinen, die jedem Befehl blind gehorchen würden. Die Alphas jedoch waren zu menschlich, zu frei denkend ... und zu menschenfreundlich.
Die Omegas waren die zweite Version. Sie waren so entworfen, dass sie ihre Gestalt entsprechend verändern, das heißt, wie jeder x-Beliebige aussehen konnten und in jeglichem Klima überleben konnten, selbst in einer postapokalyptischen Welt.
Mit den Omegas gelang es der Regierung schließlich, das menschliche Element aus den Menschen zu entfernen. Unglücklicherweise gelang ihnen das zu gut. Die Omegas stellten sich als so kaltblütig, so unmenschlich heraus, dass sie sich gegen ihre Schöpfer wandten. Nachdem sie wussten, dass sie einen atomaren Holocaust überleben würden, infiltrierten die Omegas das Pentagon und initiierten den totalen Atomkrieg. Die Menschheit, wie wir sie kannten, wurde vernichtet und die Omegas beherrschten von da an die Erde.
Glücklicherweise überlebten auch die Alphas. Als ihnen klar wurde, was die Omegas getan hatten, beschlossen sie die Sache wieder in Ordnung zu bringen. Alpha 1, auch bekannt als Henley, hatte einen Plan.
Seine Idee war es, in die Vergangheit zurückzureisen, den Wissenschaftler zu finden, dessen gentechnische

Experimente zu der Schaffung der Omegas geführt hatte, und ihn dann zu überzeugen seine Forschungen um der Rettung der Menschheit willen abzubrechen.

Henleys Plan schien gut zu sein ... mit einem einzigen großen Nachteil. Die gleiche Technologie, die eines Tages dazu eingesetzt werden würde, um die Omegas zu schaffen, war auch schon dazu benutzt worden, die Alphas zu schaffen. Wenn diese Technologie zerstört würde, wären die Omegas zerstört ... aber auch die Alphas.

Mit anderen Worten, es war eine Selbstmordmission. Trotzdem, die Alphas wussten, es war die einzige Hoffnung der Welt, der einzige Weg, sicherzugehen, dass die Omegas nie entstehen würden. Also beschlossen sie zur Rettung der Menschheit das Opfer zu bringen.

Sie machten den Zeitsprung in die Vergangenheit und landeten in Metier, Wisconsin der Achzigerjahre.

Aber dann kniff einer von ihnen – Alpha 8, der einzige Alpha, der die Identität des Wissenschaftlers kannte – und der einzige mit Fähigkeiten zum Zeitsprung. Er verschwand und ließ die anderen Alphas in der Vergangenheit zurück.

Ohne die Möglichkeit, Alpha 8 aufzuspüren, und ohne zu wissen, wo sie den Wissenschaftler finden sollten, hatten die verbliebenen Alphas keine andere Wahl, als abzuwarten, zu hoffen, dass ihr achtes Mitglied seine Meinung ändern und zu ihnen zurückkehren würde.

Es erwies sich als ein langes Warten.

In der Zwischenzeit lebten sie wie ganz normale Menschen. Sie nahmen Arbeit an, bauten Häuser, ließen sich nieder.

Henley und Alpha 6 heirateten und bekamen ein Kind namens Ethan. Die anderen Alphas heirateten normale Einwohner von Metier und hatten ebenfalls Kinder. Und für ein paar Jahre zumindest war es leicht für sie, zu vergessen, dass sie irgendwie anders waren als alle anderen. Sie lebten glückliche, einfache Leben in einer kleinen Stadt im Mittelwesten und konnten fast die Tatsache übersehen, dass in ihren Venen silbernes Blut floss. Sie konnten beinahe selbst glauben, dass der Horror, dessen Zeuge sie in der Zukunft gewesen waren, nur ein böser Traum war.

Bis die Omegas auftauchten.

»Irgendwie hatten sie uns gefunden«, fuhr Todds Vater fort. »Die Omegas wussten, solange wir am Leben waren, waren wir eine Bedrohung für ihre Existenz. Und solange wir für sie eine Bedrohung darstellten, waren sie auch eine Bedrohung für uns – und unsere neu gegründeten Familien. Wenn die Omegas herausfanden, dass wir Kinder hatten, würden sie auch hinter euch her sein. Also beschlossen wir zu verschwinden, unseren eigenen Tod vorzutäuschen, ohne eine Spur zu hinterlassen. So würden die Omegas, wenn sie uns erwischten, euch nicht finden.«

Aber sie fanden heraus, dass es uns gab, warf ich in Gedanken ein. Sie sind auch hinter uns her.

Todds Vater fuhr mit besorgtem Ausdruck fort. »Nachdem sich die Omegas als so hartnäckig herausgestellt haben, mache ich mir trotzdem Sorgen, dass sie nach dir suchen werden. Wenn sie das tun, ist deine einzige Chance, dich mit den anderen Alpha-Kindern zusammenzutun. Finde sie, mein Sohn. Zeige ihnen diese Aufzeichnung. Schließe mit ihnen Freundschaft. Denn zusammen müsst ihr Alpha 8 ausfindig machen, denjenigen, der uns im Stich gelassen hat, als wir ihn am meisten brauchten. Er alleine kennt die Identität des Wissenschaftlers, der uns geschaffen hat. Ihr müsst diese Information von ihm erhalten, den Wissenschaftler finden und die Mission der Alphas vollenden. Die Zukunft der Menschheit hängt davon ab. So sah Alpha 8 aus, als ich ihn kannte.«

Todds Erscheinung verschwamm erneut. Als er wieder zu erkennen war, sah er aus wie ein etwa dreißigjähriger Asiate. Er hatte kurz geschnittenes schwarzes Haar und tief liegende, durchdringende dunkle Au-

gen. Obwohl er nur wenig größer war als ich, war unübersehbar, dass er sehr kräftig war. Die Muskeln seiner Unterarme und seine kräftige Halsmuskulatur waren deutlich zu erkennen.
»Das ist Alpha 8?«, rief Jack aus. »Aber das könnte ja jeder sein! Wer weiß, wo er steckt.«
»Ich weiß es«, sagte Ethan und sah aus, als hätte er ein Gespenst gesehen. »Das ist Danny Koto.«
»Danny Koto?«, wiederholte Jack.
»Er unterrichtet Karate im Einkaufszentrum«, erklärte Ethan. »Na ja, er unterrichtete Karate. Damals in den Neunzigern. Ich hatte einmal eine Stunde bei ihm.«
»Also dieser Teil war leicht«, sagte Ashley. »Wir wissen, wer Alpha 8 ist, und wir wissen, wo wir ihn finden.«
»Ja«, erwiderte Jack. »Unglücklicherweise ist es wieder eine ganz andere Geschichte, auch zu ihm zu kommen. Seht euch doch um. Wir sitzen immer noch in der Zukunft fest.«
»Nur bis Toni weiß, wie sie ihre Fähigkeiten zum Zeitsprung einsetzen kann«, sagte Ashley und sah mich ermutigend an. Ich lächelte verlegen.
»Wie ich schon sagte«, fügte Jack hinzu, »wir sitzen hoffnungslos fest.«
»Oh, und ich vermute deine Kräfte kamen mit einer

Gebrauchsanleitung«, erwiderte ich wütend. »›Wie nervt man in jeder beliebigen Sprache.‹«

Jack sah aus, als wolle er darauf antworten, aber Ethan schnitt ihm mit einer Handbewegung das Wort ab und deutete auf Todd.

Unser holografischer Freund wurde wieder verschwommen. Als das Bild deutlich wurde, war Danny Kotos Bild verschwunden, ersetzt von dem einer attraktiven Afroamerikanerin in einem ähnlichen marineblauen Overall.

In meiner Kehle bildete sich plötzlich ein Kloß.

Mom!

»Hi, Antonia«, sagte sie und sah mich direkt an. »Inzwischen hast du Todd getroffen und weißt über die Alphas und unsere Mission Bescheid. Wie du an deinem dreizehnten Geburtstag entdecken wirst, bist du das, was ein Springer genannt wird. Als solcher hast du die Fähigkeit, eine massive elektrische Energie zu speichern und abzugeben. Und es wird noch besser, Antonia – du kannst deine gespeicherte Energie darauf richten, ein Loch im System von Zeit und Raum zu schaffen. Dann kannst du durch dieses Loch zu jedem Punkt in der Vergangenheit ... oder der Zukunft reisen. Du hast diese Macht vielleicht bereits gespürt, bist aber nicht ganz sicher, wie du sie einsetzen kannst.«

Meine Mutter hob die Hand und plötzlich erschien eine winzige Diskette darin. Sie sah aus wie eine Mini-CD. »Dieser Datenchip enthält eine detaillierte Erläuterung, wie du deine Fähigkeiten zum Zeitsprung nutzen kannst . . . es ist so etwas wie eine Gebrauchsanleitung für deine Kräfte.«
Ich grinste selbstgefällig und blickte hinüber zu Jack. Sein Mund stand offen. »Ich glaube es nicht«, stieß er hervor.
Meine Mutter fuhr fort: »Dies ist mein Geschenk an dich, meine Tochter. Aber du musst mir versprechen, dass du vorsichtig sein wirst. Jedes Mal, wenn du springst, könntest du die Weltgeschichte ändern, durch das, was wir den Schneeballeffekt nennen. Sagen wir zum Beispiel, du springst zurück ins Jahr 1600, und während du dort bist, trittst du auf einen Schmetterling und tötest ihn. Es ist nur ein Versehen, von der Art, die jeden Tag passiert. Aber was, wenn genau dieser Schmetterling von einem jungen Mann namens William Shakespeare hätte gesehen werden sollen? Und was, wenn er durch den Anblick dieses Schmetterlings inspiriert worden wäre, ein Stück zu schreiben? Aber nun, nachdem da kein Schmetterling mehr ist, schreibt er dieses Stück nie. Die ganze Welt verändert sich, nur weil du zufällig einen Schmetterling getötet hast.«

Ahsley ließ neben mir ein leises Pfeifen hören. »Das ist ein Ding!«
»Und das ist nur die Spitze des Eisbergs«, fuhr meine Mutter fort. »Je weiter du in die Vergangeneheit gehst, desto heftiger und weit reichender können die Veränderungen sein. Mach einen Fehler in der Vergangenheit und das Universum versucht sich wieder anzupassen, um den Schaden zu beseitigen, den du angerichtet hast. Diese ›Wiederanpassungen‹ vervielfältigen sich über die Zeit und werden größer und größer und verwandeln sich in so genannte Zeitbeben. Sie erschüttern die Raum-Zeit-Kontinuität und lösen in ihrem Sog enorme, als Beben spürbare Veränderungen aus.«
Ich erinnerte mich an die komischen Beben, die jedes Mal folgten, wenn die Omegas ihre Zeitmaschine bedienten. Die Tatsache, dass ich diese Beben auslösen konnte, war schon ein bisschen Angst einflößend.
Meine Mutter hielt die winzige Diskette noch einmal hoch. »Ich werde dir all diese Informationen durch Todd übermitteln«, sagte sie. Dann schien sie zu zögern. »Ich weiß, du wirst dein Bestes tun, Antonia. Aber du warst immer ein sehr impulsives Mädchen. Ich möchte, dass du mir versprichst, dass du nur in einem Notfall springen wirst, nur wenn es wirklich unvermeidbar sein wird.«

»Ich verspreche es«, flüsterte ich.

Meine Mutter lächelte. Hatte sie mich gehört? »Gut«, sagte sie. »Und jetzt nimm meine Hand.«

Das Wissen durchflutete mich wie ein Strom von klarem Wasser. Ich konnte tatsächlich fühlen, wie die Information aus der Handfläche meiner Mutter – Todds Handfläche – heraus und in meine eigene floss. Es fühlte sich irgendwie lebendig an, kribbelnd. Wie eine Million winziger Insekten, die meinen Arm hinaufrannten durch meine Schulter und meinen Hals und sich in meinem Kopf festsetzten.

Es ist schwierig, das zu erklären, aber plötzlich – einfach so – wusste ich, wie Zeitspringen ging. Es schien mir fast wie meine zweite Natur, so vertraut wie lesen oder Fahrrad fahren. Als hätte ich es mein ganzes Leben lang gemacht.

Ich wurde ehrfürchtig, als ich an all die Orte dachte, zu denen ich reisen könnte. Vergiss doch Metier, Wisconsin – ich könnte an Deck der Titanic stehen! Zusehen, wie Cleopatra den Nil entlangsegelt! Mit Elvis tanzen, damals, als er noch schlank war und süß aussah! Aber obwohl alles in mir darauf brannte, meine neuen Fähigkeiten auszuprobieren, erinnerte ich mich an die Warnung meiner Mutter. Ich musste dieses Zeitreisen-Zeugs ernst nehmen.

Ich hatte versprochen meine Kräfte nur einzusetzen, wenn es absolut notwendig war. Außerdem konnte ich nicht einfach so abhauen – meine Freunde und ich hatten eine Mission zu erfüllen. Was hatte Todds Vater gesagt? »Die Zukunft der Menschheit hängt davon ab.« Dagegen konnte man eigentlich nicht viel einwenden.

Trotzdem, eine winzige Stimme in meinem Kopf meldete sich: Denk doch an all die Möglichkeiten ...

Ich schüttelte den Kopf, um zu mir zu kommen, und sah mich um. Anscheinend hatten wir schon länger da gestanden, als uns klar war. Inzwischen war die Sonne bereits zur Hälfte hinter dem Horizont verschwunden und der Himmel verdunkelte sich sehr schnell. Ein kalter Wind fuhr um meine bloßen Beine und ich konnte den bitteren Geruch von entferntem Feuer wahrnehmen – die rauchenden Überreste der Omega-Basis. Ich war hungrig und meine Muskeln schmerzten, aber ich fühlte mich eigenartig aufgeladen. Ich war bereit für Action.

Todd, bemerkte ich zu meiner Erleichterung, hatte wieder seine eigene Gestalt angenommen. Er und die anderen hatten sich um Elena versammelt. Gerade begann sie sich zu bewegen. Sie stöhnte leise, dann zuckten ihre Lider und sie öffnete die Augen. Sie hob den Kopf, sah uns an und lächelte schwach. »Heh ...

Leute«, sagte sie mit leiser Stimme. »Ich wusste doch, dass ihr kommen und . . . mich retten würdet.«
Sie versuchte sich aufzusetzen, aber die Anstrengung schien zu viel für sie.
»Lass dir Zeit, El«, sagte Ashley und stützte sie. »Dein Aufenthalt in den Schlaftanks der Omegas hat noch ziemlich starke Nachwirkungen.«
Sobald Elena in einer sitzenden Position war, sah sie sich in der alptraumhaften Landschaft um. Ihre braunen Augen wurden groß. »Wo . . . sind wir?«, fragte sie mit heiserer Stimme.
»Wir sind immer noch in der Zukunft«, erwiderte Ethan.
Elena verzog das Gesicht und fuhr sich mit der Hand über die Stirn, als hätte sie Schmerzen. »Wir müssen hier weg«, stieß sie hervor und klang aufgeregt.
»Ja, klar, das wissen wir auch«, erwiderte Jack fröhlich. »Aber jetzt haben wir ja auch eine Möglichkeit, wieder nach Hause zu kommen.«
»Elena schüttelte den Kopf. »Du . . . verstehst nicht«, sagte sie und erhob sich unsicher. »Weg hier«, wiederholte sie heftiger. »Ich sehe Ratten . . . einen ganzen Schwarm . . . sie kommen näher . . . Wir müssen sofort hier weg . . .«
»Wovon redet sie denn?«, fragte Todd und sah verwirrt aus.

Ach ja – Todd hatte die Ratten ja noch nicht gesehen.
»Davon«, antwortete Ashley und deutete ein Stück weiter vor uns. Man brauchte nicht Elenas übersinnlichen Blick, um die dutzenden von winzigen roten Augen zu sehen, die in der Ferne wie Kohlen glühten ... und in unsere Richtung kamen.
»Und davon«, fügte ich hinzu und deutete zur anderen Seite. Rote Lichtpünktchen waren auch in dieser Richtung am ganzen Horizont zu sehen.
»Wir sind umzingelt«, stellte Ethan fest. »Schnell. Alle zurück in den Tunnel.«
»Können wir sie nicht einfach vertreiben?«, fragte Todd.
Er verstand immer noch nicht. »Dafür sind sie ein wenig zu groß«, antwortete ich.
»Wie groß sind sie denn dann?«, fragte Todd nervös.
»Weißt du, wie groß ein Meerschweinchen ist?«, fragte Jack und beugte sich über den Schachtdeckel.
Todd schien sich etwas zu entspannen. »Klar«, sagte er.
»Tja, das ist ungefähr die Größe ihrer Pfoten«, erwiderte Jack. »Ähm, Ethan?«
»Was?«
»Wir haben hier ein kleines Problem. Der Deckel klemmt.«
»Wie bitte?« Ethan kam herüber und half Jack an der runden Stahlplatte zu ziehen. Sie rührte sich nicht.

»Was tun wir denn jetzt?«, fragte Ashley und ein Hauch von Panik mischte sich in ihre Stimme. Man konnte bereits hören, wie die Klauen der Ratten über den felsigen Boden kratzten wie tausend scharfe Messer.

»Ich weiß auch nicht«, sagte Jack. Er drehte sich zu mir um. »Toni. Benutze deine Kräfte oder so was.«

»Warum benutzt du denn nicht deine Kräfte«, gab ich zurück und fühlte mich unter Druck gesetzt. »Sprich doch Rattensprache mit ihnen. Sag ihnen, wir schmecken nicht gut oder so was.«

»Jack hat Recht, Toni«, sagte Ethan. »Wir können ihnen nicht davonlaufen und wir können nicht gegen sie kämpfen. Du bist unsere einzige Hoffnung.«

»Ich weiß, ich weiß.« Ich biss mir auf die Lippen. Plötzlich war ich nervös. Was, wenn meine Kräfte nicht funktionierten? Oder wenn ich nicht genug Energie hatte? »Ich habe meiner Mutter versprochen nur im Notfall in der Zeit zu springen«, sagte ich, um Zeit zu gewinnen.

Inzwischen war die erste Ratte nur noch ungefähr zehn Meter entfernt. Sie näherte sich nun langsam, ihre scharfen Zähne bösartig gefletscht. Im nächsten Moment wurde sie flankiert von zwei anderen. Dann noch zwei weiteren. Als sie sich alle fünf auf uns zubewegten, fingen sie an zu zischen. Das Geräusch klang einfach furchtbar, wie wenn jemand Spucke durch die Zähne zieht.

»Ich würde sagen, dies ist der dringendste Notfall, den wir derzeit liefern können«, meinte Jack.

»Okay, okay«, sagte ich. »Schnell, fasst euch an den Händen. Bilden wir einen Kreis.«

Alle folgten meiner Aufforderung.

Ich holte tief Luft und schloss meine Augen. Dann griff ich gedanklich tief in mein Inneres und gab all die Energie frei, die ich auf einmal bewältigen konnte. Energie explodierte durch meine Arme, durch die Arme meiner Freunde, rundum in unserem Sechs-Personen-Kreis, schneller und schneller. Es gab ein lautes, tiefes Summen, das in Intensität und Tonhöhe ständig anstieg, bis zu einem hohen, ohrenbetäubenden Schrillen.

Mit einem entsetzlichen Quieken sprang die erste Ratte auf uns zu ...

Doch wir waren bereits fort.

3. KAPITEL

ETHAN

In dem Augenblick, in dem wir sprangen, wurde ich von einem grellen weißen Licht in meinem Kopf geblendet. Es war, als ob all meine anderen Sinne verschwunden seien. Ich konnte meinen Körper nicht mehr spüren, konnte nicht hören, nicht schmecken oder riechen. Da war nichts als Stille und Licht.

Also so fühlt sich Zeitreisen an, dachte ich. Erstaunlich.

Das Licht begann schwächer zu werden. Ich wurde mir eines entfernten donnernden Geräusches bewusst. Einige Augenblicke später konnte ich wieder Elenas und Jacks Hände spüren, die meine eng umklammerten, und dann eine harte Oberfläche, die sich unter meinen Füßen materialisierte. Straßenpflaster.

Das donnernde Geräusch wurde immer lauter. Es kam mir irgendwie bekannt vor. Irgendetwas in meinem Hinterkopf sagte mir, dass ich mich erinnern sollte, was es war.

Und dann, mit einem Wahnsinnsschreck, fiel es mir ein.

Meine Sicht stellte sich gerade noch rechtzeitig ein, um den großen Laster zu sehen, der wie irrsinnig hupte, während er auf mich und meine Freunde zufuhr. Es war ein riesiger schwarzer Neunachser. Allein sein glänzender Kühlergrill aus Chrom sah schon größer aus als ein ganzes Autos.

Wir waren tatsächlich in Metier gelandet, aber wir befanden uns in der Mitte der Straße!

»Bewegt euch, Leute«, rief ich meinen Freunden zu. »Oder wir werden gleich zu Brei gefahren!«

Ich raste auf die Straßenseite und zog die anderen mit mir wie eine Kette menschlicher Papierpuppen. Wir hatten die Fahrbahn gerade noch rechtzeitig verlassen. Der Truck donnerte vorbei, dicht gefolgt von sieben weiteren Lastern, alle identisch, wie ein Konvoi von Geistertrucks. Als sie vorbeirumpelten, wirbelten sie den Straßenstaub auf, der in der mit Dieselgeruch erfüllten Luft um unsere Beine wirbelte.

Eine ganze Minute lang standen wir nur schwer atmend am Rand der vierspurigen Straße und schnappten nach Luft. Dann brachen wir alle in laute Freudenrufe aus.

»Wir haben es geschafft!«, schrie Todd und machte einen Luftsprung.

»Wir sind wieder zu Hause!«, strahlte Elena.

»Gute Landung, Toni«, lobte Ashley. »Deine Steuerung könnte noch etwas verbessert werden, aber ansonsten denke ich, hast du das Zeug zu einer erstklassigen Zeitsprung-Pilotin.«

Toni nickte matt. Der Zeitsprung musste sie wirklich ausgelaugt haben. Sie sah aus, als sei sie gerade hundert Meilen gelaufen und hätte dabei einen Rucksack mit Steinen getragen. »Jack, du kannst mir jederzeit dafür danken, dass ich dir das Leben gerettet habe«, schnaufte sie. »Jetzt, zum Beispiel.«

»Ich werde dir dafür danken, dass du mein Leben gerettet hast, wenn ich davon überzeugt bin, dass ich tatsächlich in Sicherheit bin«, erwiderte Jack. »Wer weiß, ob du nicht auch die Ratten mit uns gebracht hast.«

»Also, was glaubt ihr, haben wir für ein Datum?«, fragte Elena.

»Das werden wir gleich wissen«, antwortete Todd und bückte sich, um ein Zeitungsblatt aufzuheben, das im Randstein lag. Er spähte auf das Datum. »27. Juni 1998«, las er, dann verzog er das Gesicht. »Oh Mann! Wir haben ein ganzes Jahr verloren!«

»Korrektur, Einstein«, sagte Ashley zu ihm. »Du hast

ein ganzes Jahr verloren, weil du die meiste Zeit verschlafen hast. Wir sind erst eine Woche weg.«

»Ich war ein ganzes Jahr fort?«, fragte Todd und versuchte sich an die Wirklichkeit zu gewöhnen. »Meine Eltern müssen ja verrückt geworden sein aus Sorge um mich.«

»Ich denke, nicht nur deine Eltern suchen nach dir«, sagte Ashley. »Sieh mal.« Sie deutete auf die Schlagzeilen der Zeitung, die Todd in der Hand hielt.

Kein Anzeichen der vermissten Teenager
Weitere vier vermisst – Insgesamt nun sechs Vermisste
Polizei vermutet Kapitalverbrechen

Neben dem Artikel waren Schulfotos von jedem von uns.

»Nein!«, stöhnte Toni. »Ich hasse dieses Bild.«

»Wisst ihr, was«, sagte Todd plötzlich. »Ich denke, ich werde nach Hause gehen. Ich möchte gern bei mir auf der Couch fernsehen und meine Eltern überraschen, wenn sie . . .«

Ich schüttelte bedauernd, aber entschieden den Kopf. »Nein, Todd«, sagte ich zu ihm. »Das kannst du nicht machen.«

»Was meinst du damit?«, fragte er. »Meine Mutter

dreht normalerweise schon durch, wenn ich nur ein paar Minuten zu spät von der Schule nach Hause komme. Ich muss ihr wenigstens Bescheid geben, dass alles mit mir in Ordnung ist.«

»Denk doch mal nach«, erwiderte ich. »Wenn unser Verschwinden so großes Aufsehen erregt hat, wird unser Auftauchen noch größeres Aufsehen erregen. Wir werden nicht nur die Omegas wissen lassen, wo wir sind, sondern müssen auch noch der Polizei Fragen beantworten, wo wir waren. Antworten, die uns in die Irrenanstalt bringen würden.«

»Du meinst also«, sagte Todd langsam, »dass wir unsere Deckung nicht aufgeben dürfen.«

»Genau«, erwiderte ich. »Von jetzt an sind wir ›under cover‹. Ich weiß, du möchtest deine Familie wieder sehen. Ich würde auch gerne meine Eltern wieder sehen. Aber nicht so sehr, um ihr Leben aufs Spiel zu setzen. Oder meines. Die Mission muss zuerst kommen.«

»Ich denke, damit kann ich leben«, beschloss Todd. »Wenn ich ein ganzes Jahr vermisst war, werden ein paar zusätzliche Tage auch nichts mehr ausmachen.«

»Lasst uns anfangen«, sagte Jack und drehte sich zu mir. »Wo finden wir diesen Mr Koto?«

»Tja . . . die Sache wird ein wenig schwierig«, antwortete ich.

»Was meinst du damit?«, fragte Elena. »Ich dachte, du hättest gesagt, du weißt, wo er ist.«
»Ich hätte vielleicht erwähnen sollen, dass Mr Koto letzten Oktober gestorben ist. Selbst wenn diese Zeitung aktuell ist, kommen wir trotzdem acht Monate zu spät.«
»Heh, kein Problem«, sagte Todd. »Toni kann uns einfach zurück in ein anderes Jahr bringen, als er noch am Leben war.«
Wir blickten alle zu Toni. Sie saß am Randstein, schwankte hin und her und ihre Lider waren schwer vor Erschöpfung. Plötzlich merkte sie, dass wir sie alle anstarrten. »Oh nein«, wehrte sie ab. »Oh nein! Unmöglich. Heute keine Zeitsprünge mehr.«
»Aber Toni«, sagte Ashley, »wir müssen sowieso früher oder später dorthin.«
»Bitte, Toni!«, bat Elena.
»Wie wäre es, wenn wir abstimmen?«, fügte Todd hinzu. »Alle, die dafür sind . . .«
»Lasst sie in Ruhe!«, fuhr Jack scharf dazwischen. »Könnt ihr nicht sehen, dass sie völlig fertig ist?«
Toni sah ihn überrascht an. »Oh, danke, Jack«, sagte sie.
»Ich schlage vor, wir gehen zum Einkaufszentrum und besorgen uns zuerst ein paar Pizzas«, erläuterte Jack. »Dann machen wir den Sprung.«

Toni schnaubte. »Ich hätte wissen sollen, dass dabei etwas für dich herausschauen würde.«
»Für mich?«, fragte Jack nach und schlug übertrieben mit den Wimpern. »Wovon sprichst du denn? Ich denke nur, wir sollten feiern, dass du deinen Job so hervorragend erledigt und uns zurück ins zwanzigste Jahrhundert befördert hast, und zwar mit einer Doppeldecker-Pizza Deluxe mit extra Pepperoni! Oder auch gleich mit zwei.«
Nach zwei Wochen, in denen wir nichts als Rattaneintopf gegessen hatten, ließ der Gedanke an Pizza mir das Wasser im Munde zusammenlaufen. Anscheinend ging es den anderen genauso.
»Ich finde, Jack hat Recht«, sagte Ashley. »Toni muss sich erst aufladen, bevor sie ihre Kräfte wieder einsetzen kann. Und wir könnten alle etwas zu essen gebrauchen.«
»Wir sollten uns definitiv ein wenig frisch machen«, fügte ich hinzu und blickte mich um. Wir hatten alle rußverschmierte Gesichter. »Wir sehen aus wie eine Horde Grubenarbeiter.«
»Aber ist es denn eine gute Idee, ins Einkaufszentrum zu gehen?«, fragte Elena. »Alle suchen nach uns. Was, wenn wir jemandem begegnen, den wir kennen?«
»Na ja, es ist zugegebenermaßen nicht gerade die bes-

te Idee. Aber ich würde für eine Pizza über Leichen gehen, sozusagen in SUCPM«, sagte Jack.
»Sogar in was?«, fragte Elena nach.
»In ›Solo under cover Pizza Mission‹. Ich würde natürlich für meine Freunde ein paar rausschmuggeln«, erklärte Jack und grinste breit.
Elena lachte. »In Ordnung. Aber wir sollten versuchen die Hauptstraße zu meiden.«
»Kein Prob, Bob«, witzelte Jack. »Ich kenne eine Abkürzung.«

»Pizza ist das perfekte Essen«, sagte Jack, während er uns durch den Wald um das Reservoir führte. »Jede Nahrungsgruppe ist repräsentiert. Es gibt Tomaten für die Gruppe der Gemüse . . .«
»Tomaten sind Obst«, korrigierte Ashley.
»Okay, Klugscheißer, dann gehören sie eben zur Obst- und Gemüsegruppe. Der Pizzateig gehört zur Brotgruppe. Käse zur Milchgruppe. Und wenn du eine Cola dazunimmst, dann hast du auch etwas von der äußerst wichtigen Softdrink-Gruppe.«
»Wie ist es denn mit Fleisch und Fisch?«, fragte ich.
»Salami und Thunfisch!«, erwiderte Jack. »Oder wenn es dir lieber ist, Schinken.«
»Hört auf!«, stöhnte Toni. »Ich werde langsam zu hungrig, um es noch bis zum Einkaufszentrum zu schaffen.«

»Das ist nicht alles, worüber wir uns Sorgen machen müssen«, sagte ich. »Seht mal.«
Wir waren durch den Wald hindurch zum Rand des Reservoirs gelangt. Dort, ungefähr dreißig Meter entfernt, standen die acht schwarzen Laster, die uns vorhin fast umgenietet hätten. Sie waren in einer langen Reihe entlang der Kiesstraße zum See geparkt.
»Wisst ihr, was die hier machen?«, fragte Ashley. Sie flüsterte und ich konnte es ihr nicht übel nehmen. Etwas an diesen Fahrzeugen ohne jegliche Firmenaufschrift schien ... na ja, geheimnisvoll.
In diesem Augenblick kam eine Gruppe von sechs Männern einen der Trucks entlang. Oder zumindest denke ich, es waren Männer. Sie waren in merkwürdige silberne Anzüge gekleidet, die ihren ganzen Körper bedeckten, mit eingearbeiteten Stiefeln und Handschuhen. Ihre Gesichter waren unter Kapuzen mit spiegelnden Visieren verborgen und sie trugen etwas in einer Kiste. Etwas Schweres, so, wie es aussah.
»Es sieht so aus, als trügen sie Kontaminationsanzüge«, erklärte uns Todd. »Aber sie gehören nicht zur Polizei. Und auch nicht zur Armee.«
Wir sahen schweigend zu, wie die Männer in Silber die riesige Tür am Ende des Trucks öffneten. Sie fuhr nach oben wie eine Garagentür und gab den Laderaum frei. Mit einem koordinierten Schwung hoben

sie die Kiste und schoben sie hinein. Sie musste eine Tonne wiegen. Einer der Männer kletterte auf die Ladefläche des Trucks. Er drehte sich um und streckte die Arme aus, um die Tür zu schließen . . . und erstarrte.

»Oh – oh«, meinte Toni. »Ich glaube, wir sind entdeckt worden.«

Einen Moment lang stand der Mann einfach nur bewegungslos da. Dann deutete er auf uns und sagte etwas zu den Männern auf dem Boden. Die anderen drehten sich zu uns um.

»Was sollen wir jetzt machen?«, fragte Ashley nervös.

»Es sind wahrscheinlich nur ein paar nette Wartungsarbeiter«, meinte ich. »Versuchen wir es mal mit Winken.«

Alle sechs winkten wir.

Die freundlichen Wartungsarbeiter begannen auf uns zuzulaufen. »Versuchen wir es mal mit Rennen«, sagte ich.

Die Männer in den Kontaminationsanzügen pflügten durch den Wald wie Hunde auf der Spur eines entflohenen Gefangenen. Vielleicht konnten wir ihnen entkommen, doch ich hätte nicht darauf wetten wollen. Als ich zu Toni sah, sanken meine Hoffnungen noch mehr. Sie schnappte nach Luft und war kaum in der

Lage, mit uns mitzuhalten. Der Zeitsprung war einfach zu viel für sie gewesen. »Leute!«, rief ich den anderen zu. »Wir schaffen es nicht. Verstecken wir uns.«
Augenblicke später kauerten wir alle in einem Abwasserrohr und hielten die Luft an, als eine Gruppe der Männer den Wald durchkämmte. Wenn du jemals in einem Abwasserrohr steckst, kann ich dir nur dringend empfehlen die Luft anzuhalten.
Gerade, als ich schon dachte, wir hätten Glück gehabt, deutete einer der Männer auf das Rohr. Bald waren zwei von ihnen auf dem Weg zu uns. Wir saßen in der Falle.
Ich spürte ein merkwürdiges Zittern an meinem Ellbogen und blickte zur Seite. Todd zitterte wie ein Weltmeister. Seine Umrisse verschwanden und er wurde ein riesiges undeutliches Etwas.
»Was macht er?«, flüsterte Ashley mir zu.
»Ich weiß auch nicht«, antwortete ich.
Dann wurden Todds Umrisse wieder sichtbar. Nur, er war nun nicht mehr Todd, sondern sah genauso aus wie einer unserer silber bekleideten Verfolger! Ich wich instinktiv zurück, erinnerte mich, wie oft wir von den die Gestalt verändernden Omegas getäuscht worden waren. Da sagte Todds Stimme: »Entspannt euch Leute. Ich werde mich um diese Idioten kümmern.«

Er stieg aus dem Rohr und ging gelassen auf die zwei Männer in den Kontaminationsanzügen zu. Nach einem kurzen Wortwechsel drehten sie sich um und gingen davon. Todd kam zurück zu uns, wobei er sich bereits wieder in seine alte Gestalt verwandelte.

»Was ist passiert?«, fragte Toni. »Was hast du ihnen erzählt?«

»Ich habe ihnen gesagt, dass ich bereits in diesem Rohr nachgesehen hätte und dass da keine Spur von diesen nervenden Kids wäre«, sagte Todd stolz. »Und wie wäre es jetzt mit einer Pizza?«

4. KAPITEL

JACK

Ich starrte entsetzt auf die verschlossenen Türen des Einkaufszentrums. Ich konnte nicht glauben, was ich da vor mir sah. Mein schlimmster Alptraum war wahr geworden.

Geschlossen wegen Reparaturarbeiten
Bitte entschuldigen Sie etwaige Unannehmlichkeiten

»Unannehmlichkeiten?«, schrie ich. »Unannehmlichkeiten! Ich hatte nur seit ungefähr zweihundert Jahren kein einziges Stück Pizza mehr!«
Ashley kam zu mir und legte mir eine Hand auf die Schulter. »Das hätten wir uns eigentlich denken können. Das letzte Mal, als wir hier waren, haben die Omegas schließlich ihr UFO hier reingesetzt«, erinnerte sie mich. »Was sollten die Leute hier denn ma-

chen? Ein Pflaster über das riesige Loch in der Decke kleben?«

»Na ja, dann ist es hier vielleicht ein bisschen unordentlich«, protestierte ich. »Ist das ein Grund, einen jungen Menschen im Wachstum der Pizza zu berauben, die er sich wahrlich verdient hat?«

In diesem Augenblick kam ein Typ, der alt genug aussah, um im College zu sein, und ein Tanktop und ausgeblichene Jeans trug, aus dem Vordereingang des Zentrums. Er hatte kräftige Arme und Schultern und einen düsteren Gesichtsausdruck. Mit entschiedenen Schritten kam er auf uns zu.

Aus keinem ersichtlichen Grund verwandelte sich der ernste Gesichtsausdruck in ein breites Lächeln. »Ethan Rogers? Bist du das?«

»Kenji?«

»Du kennst diesen Typen?«, fragte Todd.

»Das ist Kenji Koto«, erklärte Ethan, während der Mann auf uns zukam. »Danny Kotos Sohn. Gutes Timing. Er ist genau der, den wir jetzt brauchen.«

»Was hast du denn hier gemacht, Kenji?«, fragte Todd, als Kenji unsere Hände schüttelte.

»Im Studio meines Vaters nach dem Rechten gesehen. Es ist völlig ruiniert. Sehr deprimierend. Habt ihr was dagegen, wenn wir von hier verschwinden?«

Einige Minuten später waren wir alle sechs auf der Ladefläche von Kenjis rostigem blauem Pick-up verstaut und fuhren in die Einfahrt, die zum Haus des verstorbenen Karatemeisters führte. Man nennt so was wohl Fachwerkhaus, aber es war anders als jedes Fachwerkhaus, das ich vorher gesehen hatte. Es war etwas Eigenartiges an der Art und Weise, wie Balken und Steine ineinander verzahnt waren, aber ich kam nicht darauf, was genauso anders war. »Mein Vater hat dieses Haus selbst gebaut«, erklärte uns Kenji stolz, während er den Wagen parkte. »Im gleichen Jahr, als er mich adoptierte.«

Ethan warf mir einen Blick zu. Ich wusste, was er dachte. Adoptiert! Das erklärte, warum Kenji nicht wie wir Super-Alpha-Kräfte hatte.

Wir gingen die kurze Holztreppe hinauf ins Haus. Plötzlich wurde mir klar, was so anders war an dem Gebäude. »Es gibt überhaupt keine Nägel oder Mörtel«, sagte ich.

»Stimmt«, antwortete Kenji. »Mein Vater hat es nach alten Vorlagen gebaut. Alle Teile fügen sich mittels Nuten ineinander. Nach überliefertem Glauben ist das Haus auf diese Weise stärker.«

»Ist das ein traditioneller japanischer Glaube?«, fragte Toni.

Kenji schüttelte den Kopf. »Navajo«, erwiderte er.

»Dad war ein richtiger Indianerfan. Setzt euch doch – macht es euch bequem. Ich bin gleich wieder zurück.«

Er verschwand ins Hinterzimmer.

»Wir suchen nach jeglicher Information, die dein Vater vielleicht zurückgelassen haben könnte«, rief Ethan ihm nach.

»Was denn zum Beispiel?«, rief Kenji aus dem anderen Zimmer.

»Alles Mögliche«, antwortete Ethan. »Briefe, Fotos ...«

»Wie wäre es damit?«, sagte Kenji und kehrte mit einem kleinen, in Leder gebundenen Buch zurück. »Es ist das Tagebuch meines Vaters. Ich habe es nach seinem Tod gefunden. Unglücklicherweise war ich nie in der Lage, es zu übersetzen.«

Übersetzen? Konnte es sein? Würde ich endlich einmal meine besonderen Kräfte einsetzen können?

»Lass mich mal einen Blick darauf werfen«, sagte ich. »Ich werde es für dich übersetzen.«

Kenji starrte mich an. »Es ist altes Japanisch, glaube ich«, erwiderte er. »Aber selbst der Professor für Asienkunde an meinem College konnte es nicht entziffern.«

»Kein Problem«, erwiderte ich und streckte die Hand danach aus.

Mit zweifelndem Gesichtsausdruck reichte Kenji mir das Buch.

Ich öffnete es und starrte auf die eleganten japanischen Symbole, von denen ich wusste, dass sie Kanji genannt wurden. Ich konzentrierte mich auf die Seite und wartete darauf, dass meine Kräfte einsetzten. Nach einer ganzen Minute wartete ich immer noch.

»Äh, Mr Ich-kann-alles-lesen«, sagte Toni und stieß mich kurz an, »du hältst es verkehrt herum.«

Ups.

»Natürlich«, sagte ich. »Ich weiß. Ich habe nur versucht, ähm, alle möglichen Perspektiven zu beachten, bevor ich es lese. Um völlige Genauigkeit zu garantieren.« Toni nahm es mir nicht ab. »Vergiss es«, sagte ich zu ihr. »Es gehört zu meinen geheimen Kräften. Das verstehst du nicht.«

Ich drehte das Tagebuch um und begann vorzulesen. Mr Kotos Tagebuch war sehr offen und geradeheraus geschrieben. Weder rechtfertigte er sich noch entschuldigte er sich für seine Handlungen. Gleich auf der ersten Seite zum Beispiel, gab er zu, dass er ein Feigling war, der seine Freunde, die anderen Alphas, im Stich gelassen hatte. Ich blickte bei diesen Worten zu Kenji und erwartete, dass er mich bäte aufzuhören. Doch das tat er nicht, also fuhr ich fort.

Wie wir bereits wussten, hatte die Regierung Akira »Danny« Koto so entworfen, dass er ein so genannter Springer war, genau wie Toni. Und sie hatten ziemlich gute Arbeit geleistet. Um genau zu sein, das Team von Wissenschaftlern, das an dem Projekt arbeitete, war so zufrieden mit seinem Erfolg, dass man deren Folgen gar nicht sofort erkannte. Verstehst du, ein Springer ist der perfekte moderne Entfesselungskünstler. Es gibt kein Gefängnis auf Erden, das einen Zeitspringer halten kann, wenn er entkommen will. Und sobald Mr Koto erkannte, worauf die Regierung aus war – dass er und die anderen Alphas als Kriegsmaschinerie benutzt werden sollten –, beschloss er, dass der beste Ort für ihn überall anders war als da, wo er sich gerade befand. Also waren es Mr Kotos Kräfte, welche die Alphas aus dem Regierungslabor entkommen ließen, wo sie alle praktisch wie Gefangene gehalten wurden. Er befreite unsere Eltern und setzte dabei sein Leben aufs Spiel.

Sobald sie entkommen waren, dachten die Alphas, sie hätten die Regierung ausgetrickst. Was sie damals noch nicht wussten, war, dass die Arbeit am Omega-Projekt bereits begonnen hatte. Als die Omegas ihren heimtückischen Coup landeten, um die Weltherrschaft zu übernehmen, baten die anderen Alphas ihren Freund ihnen noch einmal zu helfen.

Sie baten Mr Koto seine Springerkräfte zu nutzen, um die Alphas zurück in die Vergangenheit zu bringen, wo sie den Wissenschaftler, der sie geschaffen hatte, davon zu überzeugen hofften, seine Arbeit zu zerstören. Zuerst war Mr Koto einverstanden. Er fand die Identität des Wissenschaftlers heraus und wollte den anderen davon berichten . . .

Doch dann überlegte er es sich anders.

Er wollte nicht, dass die Omegas die Welt zerstörten, doch er wollte auch nicht Selbstmord begehen. Und statt die Alphas in die richtige Zeit zu bringen, brachte er sie nach Metier, Wisconsin, der Achtzigerjahre. Dort verließ er sie, indem er selbst noch weiter zurück in die Vergangenheit sprang, in die Dreißigerjahre.

Mr Koto lebte viele Jahrzehnte lang anonym und schwor nie mehr seine Kräfte einzusetzen – weder zum Guten noch zum Bösen. Alles, was er wollte, war, seine Vergangenheit hinter sich lassen. Doch als er älter und weiser wurde, meldete sich sein Gewissen immer heftiger. Schließlich konnte er nicht mehr länger mit seinen Schuldgefühlen leben. Er kehrte als alter Mann zurück nach Metier und hoffte herauszufinden, was aus seinen früheren Freunden geworden war. Das war 1990.

Doch inzwischen waren die anderen Alphas bereits gefangen genommen worden.

Schwer betroffen von dieser Entdeckung, beschloss Mr Koto in Metier zu bleiben. Er baute sein Haus. Er adoptierte Kenji. Er baute sogar ein Studio auf, um das zu unterrichten, was er am Besten konnte – Selbstverteidigung.

Dann, sieben Jahre später, betrat Ethan Rogers seinen Übungsraum. Mr Koto erkannte den Dreizehnjährigen sofort als den Sohn von Alpha 1, Henley.

Mr Koto sah eine Gelegenheit, das von ihm begangene Unrecht gutzumachen. Er würde Henleys Sohn genau den Hinweis geben, den er brauchte, um das Rätsel zu lösen und die Zukunft zu retten. Das fehlende Puzzlestück, das er vor all den Jahren den anderen Alphas hätte zukommen lassen sollen und wozu er selbst zu feige gewesen war.

Ich hörte auf zu lesen.

Ich war am Ende der Seite angelangt. Meine Hände zitterten, als ich die dünne Seite gelblichen Papiers umblätterte. Ich würde gleich den Schlüssel vor mir haben, mit dem wir die Omegas besiegen konnten!

Ich hielt die Luft an, drehte die Seite um – und meine Zuversicht sank.

Die nächste Seite war leer.

Ein dünnes Stück Papier markierte die Seite, wo Mr Koto aufgehört hatte, um nie mehr wieder in sein Tagebuch zu schreiben. Das Lesezeichen flatterte zu Boden wie eine tote Motte.

Ich seufzte schwer. »Na toll. Anscheinend ist er gestorben, bevor er den Hinweis aufschreiben konnte.«

»Außer das hier ist der Hinweis«, meinte Ashley und hob das Stück Papier auf. Sie blickte darauf, dann runzelte sie die Stirn. »Vielleicht aber auch nicht«, fügte sie schnell hinzu.

»Warum nicht?«, fragte Todd. »Was steht darauf?«

»Milch, Saft, Pflaumen, Zahnpasta, Toilettenpapier . . .«, las Ashley. »Es ist nur ein Einkaufszettel.«

»Oder das schlechteste Gedicht der Welt«, warf Toni ein.

»Auf der Rückseite steht auch noch was«, rief Elena.

Ashley drehte das Papier um. Wir spähten alle über ihre Schulter. Die Schrift auf der anderen Seite war fahrig, als wäre das dort stehende in großer Eile aufgeschrieben worden.

Mason JL5.1945

»Denkt ihr, das ist der Hinweis?«, fragte Todd.

»Das muss er sein«, sagte Kenji. »Deshalb haben die Omegas ihn umgebracht. Irgendwie wussten sie, dass er dabei war, ihr Geheimnis zu enthüllen.«

»Was . . . du denkst, er wurde umgebracht?«, fragte Ethan erschrocken.

»Als mein Vater starb, war er einhundert Jahre alt, doch er war so gesund wie ein Mann mit der Hälfte seiner Jahre. Es hieß, er sei im Schlaf gestorben, aber ich habe nie seinen Leichnam gesehen. Und obwohl ich darum bat, gab es keine Autopsie. Zieht eure eigenen Schlüsse.«

Er sagte dies mit solchem Nachdruck, dass selbst ich nichts dagegen einwenden konnte.
»Mein Vater hat offensichtlich die Fehler gutmachen wollen, die er in seinem Leben begangen hat«, fuhr Kenji fort. »Er wollte euch helfen, den Kindern seiner Freunde. Als seinem Sohn fällt diese Verpflichtung auf mich.«
»Vielen Dank«, sagte Ethan. »Aber wir kommen schon klar.«
Mein Magen wählte genau diesen Moment, um ein Geräusch wie ein Bär zur Brunftzeit zu machen.
»Na ja«, fügte Ethan hinzu, »vielleicht könnten einige von uns etwas zu essen brauchen.«
»Genau«, erwiderte Kenji, »und auch wenn ich nicht eure Superkräfte habe, sagt mir meine Nase, dass einige von euch vielleicht die Duschen auf der Rückseite des Dojos benutzen möchten.«

Eine Stunde später begannen wir uns etwas mehr wie die Helden zu fühlen, die wir angeblich sein sollten. Kenji hatte uns mit neuer Kleidung, Essen und sogar etwas Geld versorgt. Ich war wirklich dankbar, auch wenn das Essen von dieser entsetzlich gesunden Art gewesen war.
Als wir das Haus verließen, das Mr Koto gebaut hatte, versuchten wir hinter die Bedeutung der merkwürdi-

gen Buchstaben- und Nummernkombination zu kommen. Ich war immer mehr davon überzeugt, dass es doch ein Hinweis war. Es gab ein paar interessante Möglichkeiten, die es wert schienen, überprüft zu werden.

Vielleicht war »Mason« der Name von jemandem und der Rest sein Geburtsdatum. Das »JL5« konnte für 5. Juli stehen; das »1945« wäre dann offensichtlich 1945.

Oder vielleicht war etwas Bestimmtes am 5. Juli 1945 geschehen, in einem Ort namens Mason. Oder vielleicht war der zweite Teil kein Datum, sondern eine Telefonnummer. Oder eine Schließfachkombination. Oder irgendetwas ganz anderes.

Wie ich schon sagte, die Möglichkeiten waren faszinierend.

»Wir haben keine Zeit zu verlieren«, sagte Ethan. »Die Omegas werden bald hinter uns her sein. Je früher wir dieses Rätsel lösen, desto besser.«

»Wir sollten uns in Teams aufteilen, wie die Polizei es auch immer macht«, schlug Todd vor. »So kann jedes Team in einer anderen Richtung nachforschen und wir sparen Zeit.«

»Gute Idee«, sagte Ethan. »Also los.«

5. KAPITEL

ASHLEY

Irgendwie erwischte ich den am wenigsten interessanten Teil der Mission: herauszufinden, ob Mr Kotos geheimnisvoller Hinweis eine Telefonnummer sei. Und die Krönung war, dass ich ein Team mit Jack bildete.

»Bist du sicher, dass dies der beste Weg hinein ist?«, flüsterte ich.

Es war einer dieser Sommertage in Metier mit Temperaturen um die 30 Grad. Ich war sicher, dass die meisten Kids unseres Alters im Schwimmbad waren, das kühle Wasser genossen und Limonade tranken oder den neuesten Film im Cineplex ansahen. Anstatt etwas Ähnliches zu tun, kroch ich durch das Gebüsch hinter Jacks Haus.

»Das ist der einzige Weg, bei dem wir auf keinen Fall gesehen werden«, erwiderte er.

»Von wem gesehen?«, fragte ich. »Du hast doch gesagt, deine Mutter und dein Stiefvater wären bei der Arbeit.«

»Sagt dir das Wort Omegas was?«, erwiderte Jack herablassend. »Also, wenn ich dir das Zeichen gebe, deck mich.«

»Dich decken?«, fragte ich. »Ich dachte, so was machen nur Zuchtbullen?«

Jack eilte zum Haus und gab mir dann das Zeichen, ihm zu folgen. Gebückt folgte ich ihm zum Kellereingang. Ich hielt die Falltür geöffnet, während Jack in die Dunkelheit hinabstieg. »Lass sie nicht auf mich fallen«, warnte er mich.

»Ich hab sie«, versicherte ich ihm.

Auf halbem Weg nach unten blieb er stehen. »Heh, ich hab eine Idee«, sagte er und sah mich strahlend an.

»Und welche?«

»Während du das Telefon holst, könnte ich doch mal nach meinem Nintendo sehen. Ich mache mir Sorgen, dass die Omegas es sich vielleicht holen und . . . ähm, es überprüfen, um meine Kampftechniken auszuspionieren.«

Irgendwie entglitt die Tür meinen Fingern.

Es gab ein dumpfes Pflop und Jack sagte: »Autsch! Okay, wir machen es wie vorhin besprochen. Aber wenn die Omegas das Geheimnis meines Doppelpinguinstoßes herausfinden, hast du das auf dem Gewissen.«

»Das Risiko gehe ich ein«, antwortete ich.

Glücklicherweise war niemand zu Hause. Jack und ich bewegten uns schnell und leise durch das Haus, wie zwei Darsteller in Mission Impossible. Fünf Minuten später waren wir im Hof, saßen in Jacks Baumhaus und begutachteten unsere Ausbeute.

Wir hatten nur das genommen, was Jack »die reine Notversorgung« nannte: eine Flasche Cola, eine Schachtel Erdbeer-Poptarts, zwei Tüten Kartoffelchips, einen Stoß Mad-Zeitschriften, einen Stift und etwas Papier . . . und das schnurlose Telefon.

Mit einer gekonnten Bewegung zog Jack die Antenne des Telefons mit den Zähnen heraus, drückte mit dem Daumen eine Nummer und hielt den Hörer an sein Ohr.

»Wir dürften nahe genug am Haus sein, um einen guten Empfang zu haben«, informierte er mich und wühlte in einer Tüte mit Chips. »Zumindest, bis die Batterie wieder aufgeladen werden muss.« Plötzlich fuhren seine Augenbrauen hoch. »Es läutet«, verkündete er.

»Wow!«, gab ich zurück, aber plötzlich war ich ein wenig nervös. Mir kam der Gedanke, dass wir dies vielleicht besser hätten planen sollen. In den Filmen wussten die Helden immer, was sie tun mussten. Was sollten wir denn zu demjenigen sagen, der sich am Telefon meldete?

»Und?«, fragte ich, nachdem er eine Weile zugehört hatte. »Ist jemand dran?«

Jack legte die Hand über das Mundstück. »Es ist eine Tonbandnachricht«, flüsterte er mit vollem Mund. »Jemand, der alles über die Omegas und die Alphas weiß.« Er lauschte noch einmal und nickte ernst. »Er sagt, er hätte eine wichtige Nachricht, wesentlich für unseren Erfolg: ›Was auch immer ihr tut, hört auf den Jungen der alle Sprachen spricht.‹«

»Gib mir den Hörer«, fuhr ich ihn an und nahm ihm den Hörer ab.

Die Stimme am anderen Ende hatte tatsächlich eine wahnsinnig wichtige Nachricht: »Dieser Anschluss ist nicht mehr in Betrieb. Bitte wenden Sie sich an die Auskunft.«

»Na toll«, sagte ich. »Sackgasse. Wir haben kein Glück.«

»Kann man so nicht sagen«, erwiderte Jack und griff nach der Schachtel mit den Poptarts. »Es gibt ein paar hundert Vorwahlnummern in den Staaten, die wir ausprobieren können, und außerdem noch die internationalen Nummern. Ich würde sagen, unsere Nachforschungen haben gerade erst begonnen.«

Ich seufzte schwer. Es würde ein langer Tag werden. Ich hoffte nur, meine Geduld – und die raynesche Telefonrechnung – würde dabei nicht überstrapaziert.

6. KAPITEL

ETHAN

Toni und ich drängten uns durch das Dornengestrüpp, welches das Reservoir umgab. Es schien der günstigste Ort, um unseren nächsten Zeitsprung zu unternehmen. Niemand würde uns dort entdecken, und wenn wir auf der anderen Seite ankämen – am 5. Juli 1945 –, war die Wahrscheinlichkeit, von Lastern überfahren zu werden, hier geringer.

»Bist du sicher, dass du das genaue Datum treffen kannst?«, fragte ich Toni.

»Ich hoffe es«, erwiderte sie und löste ihre Shorts von einem der Büsche, »aber ehrlich gesagt, weiß ich es nicht genau. Dieses Zeitspringen ist keine klare Wissenschaft, wie zum Beispiel die passende Handtasche zu den Schuhen zu finden. Ich muss mir unseren Landeplatz vorstellen und versuchen ihn zu treffen. Es ist so ähnlich wie Raten.«

»Du schaffst das bestimmt«, sagte ich zu ihr und versuchte aufmunternd zu klingen.

Schließlich fanden wir eine Lichtung, die für unsere Bedürfnisse zu passen schien. Toni nahm meine Hand. Ich versuchte mich geistig auf diesen verrückten Sprung durch die Zeit einzustellen.

Dann zögerte Toni. »Ethan?«, sagte sie. »Warum springen wir nicht einfach zu dem Tag vor dem Mr Koto starb? Dann kann er uns selbst sagen, was sein Hinweis bedeuten soll, und wir müssen nicht ständig weitersuchen.«

Ich schüttelte den Kopf. Ich hatte auch bereits an diese Möglichkeit gedacht. »Kenji schien sich ziemlich sicher zu sein, dass sein Vater umgebracht wurde«, erklärte ich. »Das bedeutet, Mr Koto wurde vor seinem Tod beobachtet.«

»Na ja, Kenji schien sich auch ziemlich sicher zu sein, dass ich ein Extra Large bräuchte«, fügte sie hinzu und wedelte mit den Armen in dem viel zu großen T-Shirt, das sie bekommen hatte. »Dabei brauche ich ganz offensichtlich Small. Überleg doch mal, sein Vater war hundert Jahre alt! Normalerweise sterben Leute eben, wenn sie dieses Alter haben.«

»Trotzdem können wir das Risiko nicht eingehen«, erwiderte ich. »Wenn die Omegas Danny Koto beobachtet haben, werden sie erwarten, dass wir versuchen uns mit ihm in Verbindung zu setzen. Wir sind schon zu weit gekommen, um nun das Risiko einzugehen, entdeckt zu werden. Wir müssen dahin gehen, wo sie nicht nach uns suchen – und das ist 1945.«

»Also gut«, antwortete Toni. »Aber wenn wir dort ankommen, musst du mir etwas versprechen.«

»Und zwar?«, fragte ich.

»Dass du auf keine Schmetterlinge trittst.«

Der kleine Junge starrte uns aus großen Augen an, sein Mund blieb voller Erstaunen offen stehen. Er ließ das, was er in der Hand hielt, fallen – irgendeinen großen Stein –, genau auf seinen Fuß, aber das schien ihm nichts auszumachen. Er war schockiert.

Ich wäre wahrscheinlich auch schockiert, wenn ich gerade gesehen hätte, wie zwei Dreizehnjährige einfach in der Luft auftauchen. Wie sollten wir diesem Kind erklären, was gerade geschehen war? Glücklicherweise hatte der Junge selbst eine Erklärung für uns.

»Seid ihr Marsianer?«, stieß er hervor.

Ich blickte zu Toni. Sie blickte zu mir. »Klar sind wir das«, sagte ich. »Wir sind, ähm, freundlich gesinnte junge Marsianer.«

»Ich wusste es!«, sagte der Junge. »Ich habe meinen Freunden immer gesagt, dass es Marsianer gibt. Aber sie haben mir nicht geglaubt.«

»Tja, du bist sehr klug«, sagte Toni zu dem Jungen. »Wie hast du es denn herausgefunden?«
»Oh, ich weiß alles Mögliche«, sagte der Junge und stieß verlegen mit dem Fuß in die Erde vor sich. »Ich will nämlich Geologe werden. Seht ihr?«
Er deutete zu einem Leiterwagen hinter sich, auf den die Initialen R. M. mit Farbe gepinselt waren. Er war voll gepackt mit Steinbrocken und Erdklumpen.
»Was ist denn das alles?«, fragte ich den Jungen mit verschwörerischer Stimme.
»Ich sollte es vielleicht einem Marsianer nicht verraten«, sagte er und runzelte die Stirn. »Aber ihr seht aus, als wärt ihr in Ordnung. Das sind neue Funde für meine Steinsammlung. Ich habe Geoden und Vulkangestein, Rosenquarz und . . .«, er sah sich um, als ob er sicher sein wolle, dass niemand zuhörte, »Meteorstücke.«
»Wie heißt du denn?«, fragte Toni ihn.
»Reginald«, antwortete er stolz. »Aber ihr könnt mich Reggie nennen.«
»Reggie«, fragte Toni, »könntest du deinen neuen marsianischen Freunden vielleicht sagen, welches Datum wir heute haben?«
»Kein Problem. Heute ist der 5. Juli 1945«, antwortete er.
Bingo! Toni lächelte mich stolz an. Sie hatte es geschafft.

»Und wie heißt ihr?«, fragte uns Reggie.

Ich konnte nicht widerstehen. »Ich heiße Luke Skywalker«, sagte ich, »und sie heißt . . .«

»Madonna«, ergänzte Toni.

Dann bedankten wir uns bei Reggie für seine Hilfe, ließen ihn bei seiner Steinesammlung zurück und gingen in die Stadt.

»Entschuldigen Sie bitte, könnten Sie mir vielleicht helfen?«, fragte ich die pedantisch aussehende Krankenschwester in gestärkter weißer Tracht hinter dem Empfangspult des Krankenhauses von Metier.

»Ja?«, sagte sie. Auf ihrem Namensschild stand »Dreedle«.

»Ich wüsste gerne, ob heute vielleicht ein Kind namens Mason geboren wurde.«

»Heute geboren?«, fragte sie und machte ein säuerliches Gesicht.

»Na ja, zumindest seit Mitternacht«, engte ich die Zeit ein.

»Und bist du mit diesem Kind verwandt?«, fragte sie.

»Nein, ich bin ein . . . Freund der Familie«, sagte ich.

Schwester Dreedle musterte mich über ihre Brille hinweg. Ich schenkte ihr mein nettestes Brave-Junge-Lächeln und sie schien weich zu werden. »Ich werde sehen, was ich tun kann.« Sie schlug das Aufnahmebuch auf. »Du sagst, der Nachname der Mutter ist Mason?«, fragte sie und ging ihre Liste durch.

»Genau«, antwortete ich.

Toni trat an den Empfang. »Obwohl Mason auch der Vorname des Babys sein könnte«, sagte sie.

Schwester Dreedle sah Toni an und ihre Ausdruck wurde wieder säuerlich. »Tut mir Leid«, sagte sie und schaute wieder zu mir. »Wer ist das denn?«

»Sie ist auch eine Freundin der Familie«, erklärte ich.

Schwester Dreedle sah zu Toni, dann wieder zurück zu mir, als ob sie mit sich ringe. Schließlich seufzte sie laut und erhob sich von ihrem Stuhl. »Folgt mir«, sagte sie.

»Was ist denn ihr Problem?«, flüsterte Toni mir zu, während wir den Gang des Krankenhauses entlangliefen. Schwester Dreedle war gut drei Meter vor uns – außer Hörweite, hoffte ich. »Hast du gesehen, wie sie mich angesehen hat? Ich glaube, sie hasst mich.«

»Das ist absurd«, protestierte ich. »Sie hat uns beide komisch angesehen und ich mache ihr keinen Vorwurf. Ich meine, schau uns doch einmal an. Wir sind die einzigen zwei Leute im Jahr 1945, die übergroße T-Shirts tragen!«

»Da hast du wahrscheinlich Recht«, gab Toni zu. Sie blickte voller Abscheu an sich hinab. »Ich hasse es, underdressed zu sein.«

Inzwischen hatten wir den verglasten Eingang zur Entbindungsstation erreicht. Es gab nur drei Babys im Fenster. Metier ist schließlich eine ziemlich kleine Stadt.

»Der kleine Junge links wurde heute geboren«, informierte uns Schwester Dreedle.

»Heißt er mit Nachnamen Mason?«, fragte ich hoffnungsvoll.

Sie sah auf ihrem Clipboard nach.

»Nein«, erwiderte sie dann. »Beister. Und Vornamen hat er noch keinen. Seine Eltern können sich nicht zwischen Rodney oder Edwin entscheiden.«

Beister?, dachte ich. Ed Beister. Konnte das sein?

»Ich wette hundert Dollar mit Ihnen, dass sie Edwin aussuchen«, sagte ich. Und dass er gerne in Brunnen baden wird, fügte ich in Gedanken hinzu.

Schwester Dreedle starrte mich nur an. »Entschuldige bitte ... Was hast du gesagt, ist genau dein Verhältnis zu den Eltern?«

»Also, das war ja ein ziemlicher Reinfall«, sagte Toni, sobald wir das Krankenhaus verlassen hatten.

Die anderen beiden Babys waren Mädchen gewesen. Und keines davon hieß mit Nachnamen Mason. Auch nicht mit Vornamen. Oder hatte sonst irgendeine Verbindung zu irgendjemand oder irgendetwas namens Mason.

Jetzt liefen wir die Main Street entlang – und zogen jede Menge Blicke von rechts und links auf uns. Aus der Art und Weise, wie die Leute uns anstarrten, hätte man meinen können, sie hätten niemals vorher ein Paar Air Jordans gesehen ... und wahrscheinlich hatten sie das auch nicht.
Toni bemerkte die Blicke ebenfalls. »Ich denke, du hattest Recht«, sagte sie zu mir, als wir die Kreuzung Van Buren überquerten. »Es muss tatsächlich an unserer Kleidung liegen.«
Die Main Street war immer noch mit roten, weißen und blauen Bannern geschmückt, die vom Umzug zu Ehren des Independence Day rührten. Hier und da lagen noch Konfetti und Papierschlangen auf dem Bürgersteig.
Soweit es mich betraf, war der Umzug noch nicht vorbei. Ich war fasziniert von den verschiedensten Fahrzeugen, die auf den breiten Straßen neben uns fuhren. Es war, als ob man in die Seiten eines alten Superman-Comics geschlüpft wäre. Es gab alles von Pferdekarren über die ersten Fords bis zu neueren Modellen wie Packards und Plymouths. »Schau dir mal all die Oldies an«, hatte Toni gesagt, als wir sie zuerst entdeckt hatten, bevor ich ihr klar gemacht hatte, dass hier im Jahr 1945 diese Autos als modern angesehen wurden.
»Ich meine, schau dich mal um.« Toni machte eine

ausholende Handbewegung. »Die Männer haben alle Bürstenhaarschnitt und tragen Hüte und jede Frau hat lange Haare und trägt ein Kleid . . .«
Meine Aufmerksamkeit wurde plötzlich auf einen riesigen schwarzen Rolls-Royce gelenkt, der die Straße entlang auf uns zukam. Er schleuderte wild hin und her und machte keine Anstalten, bremsen zu wollen.
Toni bemerkte es nicht. »Denkst du, wir sollten etwas hinsichtlich unseres Aussehens unternehmen?«, fragte sie. »Vielleicht neue Klamotten kaufen oder so . . .«
»Pass auf!«, schrie ich, als der Rolls direkt vor uns über die Bordsteinkante und auf den Gehweg fuhr.
Ohne nachzudenken, packte ich Toni und warf mich mit ihr zur Seite, sonst hätte uns das riesige Auto umgemäht. Andere Fußgänger stürzten wie Kegel um, als der Rolls den Gehsteig entlangpflügte und schließlich an einem Laternenpfahl zum Stehen kam.
Die Autotür wurde geöffnet und der Fahrer stieg aus. Er war ein sehr großer Mann und musste mindestens dreihundert Pfund wiegen. Sein rundes, mondförmiges Gesicht war so bleich wie ein roher Pizzateig und zeigte einen geistesabwesenden, leicht verwirrten Ausdruck.
Ist das ein Omega?, fragte ich mich, immer noch auf dem Pflaster neben Toni liegend.

»Was ist mit dir, Freundchen?«, murrte ein großer Mann mit einem Strohhut. »Du hättest uns fast umgebracht!«

Der Fahrer antwortete nicht. Er stolperte ein paar Schritte vorwärts, fiel auf die Knie und brach dann auf dem heißen Bürgersteig zusammen.

»Heh . . . er ist betrunken«, sagte der große Mann voller Abscheu. Er hatte nicht bemerkt, wie kraftlos der rechte Arm des Fahrers herabbaumelte und wie seine linke Hand sein schweißdurchtränktes Hemd über dem Herzen fasste.

Aber ich hatte es bemerkt.

»Er ist nicht betrunken«, widersprach ich. »Er hat einen Herzanfall!«

»Herzanfall?«, wiederholte der Mann.

Inzwischen hatte sich eine kleine Menge auf dem Gehsteig angesammelt. »Mein Gott«, rief eine Frau in einem gelben Kleid aus und deutete auf den kranken Mann, »das ist Harold Norquist!«

»Tut doch jemand irgendetwas!«, rief ein Mann mit rotem Haar.

Ich kniete bereits neben dem Mann auf dem Gehsteig und rollte ihn auf den Rücken. Ich drehte mich zu dem Mann mit dem Strohhut. »Schnell, holen Sie einen Arzt«, rief ich ihm zu.

Er stand einfach da wie angewurzelt.

»Ich werde gehen«, bot Toni an. Sie raste zurück in Richtung des Krankenhauses.
Ich fühlte nach dem Puls des Mannes. Er hatte keinen. Entsetzt bemerkte ich, dass sein Gesicht eine ungute lilaweiße Farbe annahm.
»Er wird ganz blau!«, kreischte die Frau in dem gelben Kleid.
Ich überprüfte seine Atmung. Der Mann hatte auch aufgehört zu atmen.
Ich wusste, was ich zu tun hatte – einen Vater zu haben, der Polizeichef ist, hat auch seine Vorteile. Glücklicherweise hatte ich einen Erste-Hilfe-Kurs absolviert. Ohne zu zögern, riss ich das Hemd des Mannes auf und begann sein Herz zu massieren.
»Was machst du denn da?«, sagte der rothaarige Mann. »Hör auf, du bringst ihn ja um!«
Zu spät wurde mir klar, dass diese Art der Wiederbelebung erst sehr viel später erfunden wurde – im Jahr 1972. Niemand hatte jemals vorher so etwas gesehen. Der hagere Mann versuchte mich wegzuziehen, doch ich schob heftig seine Hand zurück. Das Leben dieses Mannes hing von meinem Handeln ab. »Mein Vater ist Arzt«, log ich. »Ich weiß, was ich tue!«
Ich hob die Hände des Mannes nach oben, über seinen Kopf, dann wieder nach unten. Drei schnelle Atemstöße in den Mund. Dann drei Mal drücken. Wiederholung.

»Komm schon«, flüsterte ich, »atme für mich, Kumpel.«
Es sah nicht gut aus.
»Du hast ihn umgebracht«, sagte der Rothaarige. »Du hast ihn umgebracht!«
Ich ignorierte ihn und fuhr mit meiner ersten Hilfe fort.
Und dann, wie ein Wunder, hustete der fette Mann heftig, zwei Mal und begann zu atmen. Die Farbe kehrte in sein Gesicht zurück.
Ich seufzte vor Erleichterung.
Inzwischen näherte sich Toni mit Schwester Dreedle und einem älteren Arzt. »Was macht der Junge denn da?«, fragte der Doktor. »Geh von dem Mann weg!«
Als der Doktor meinen Platz einnahm, wurde ich an den Rand der Menge gedrängt, wo Toni zu mir trat.
Inmitten all des Gedränges öffnete der fette Mann seine Augen. »Was ist passiert?«, fragte er, als der Doktor sein Stethoskop an seine Brust drückte.
»Sie hatten einen Herzanfall«, erklärte der Mann mit dem Strohhut.
»Der komische Junge hat Ihr Leben gerettet«, fügte die Frau in Gelb hinzu.
»Junge?«, wiederholte Mr Norquist. »Welcher Junge? Wovon reden Sie?«
»Na, der Junge mit den langen Haaren und dem farbigen Mädchen.«

»Welches farbige Mädchen?« Der Mann versuchte sich aufzusetzen.
»Bleiben Sie einfach nur still liegen, Mayor Norquist«, sagte der Doktor und schob den großen Mann zurück auf den Gehsteig. »Sie werden wieder ganz gesund.«
Mayor Norquist, der Bürgermeister?
Toni und ich tauschten einen besorgten Blick aus.
»Oh-oh!«, flüsterte sie mir entsetzt zu. »Ich glaube, wir haben gerade einen Schmetterling lebendig gemacht.«

7. KAPITEL

ELENA

Die Bibliothekarin kam an unseren Tisch und trug drei Kisten voll mit winzigen Plastikteilen. »Hier bitte«, sagte sie und stellte sie neben das Mikrofilmgerät. Sie sah Todd und mich an und lächelte. »Es ist ja so schön, dass es noch Kinder gibt, die daran interessiert sind, etwas zu lernen, noch dazu im Sommer.«

Als sie sich entfernte, gab Todd ein langes, leises Stöhnen von sich. »Klar, ich bin daran interessiert, zu lernen, wie ich im Juli in einer Bibliothek festsitze!«, beschwerte er sich.

»So schlimm ist es auch wieder nicht«, sagte ich.

»Nicht so schlimm!«, rief er aus. Die Bibliothekarin warf uns von der anderen Seite des Raumes aus einen rügenden Blick zu.

Todd senkte die Stimme zu einem Flüstern. »Nicht so schlimm?«, wiederholte er. Die einzigen anderen Besucher waren ein grauhaariger Mann, der langsam etwas in einen Laptop eintippte, und eine weißhaarige Frau, welche die neuesten Ausgaben von Reader's Digest las. »Das Ganze ist so ziemlich genau das, was ich mir unter Hölle vorstelle.«

Ich ignorierte ihn, holte einen der kleinen Plastikbehälter aus der Kiste und las den Aufkleber.

Metier Daily Herald

1.–15. Juli 1945

»Sieh es doch mal so«, sagte ich und reichte ihm den Film. »Je früher wir rausgefunden haben, was es mit dieser Mason-Sache auf sich hat, desto früher kommen wir hier wieder raus.«

»Du hast wahrscheinlich Recht«, sagte Todd seufzend und stellte das Lesegerät für Mikrofilme an. Er öffnete die Plastikhülle, nahm die Filmrolle heraus und fädelte den Film ein. Das Sichtfenster wurde sofort mit einigen Reihen Text gefüllt.

»Wir sollten uns die Geburtsanzeigen zuerst vornehmen«, schlug ich vor. »Sehen wir nach, ob es irgendwelche Masons gibt, die am 5. Juli geboren wurden.«

Todd nickte und drückte dann auf den Knopf, um vorzuspulen. Mit einem Summen begann der Film vorzuspulen. Auf dem Sichtfenster wurden die Worte zu einem verschwommenen grauen Brei. Nach ein paar Sekunden ließ Todd den Knopf los und ein Ausschnitt des Mikrofilms war zu sehen.

Wir waren bei einem Nachruf gelandet. Da war das Foto eines lächelnden Mannes mit rundem Gesicht und die Überschrift: Mayor Harold Norquist – Tod durch Herzanfall im Alter von 57.

Ich blickte auf das Datum oben im Sichtfenster. »Sechster Juli«, las ich, »du hast zu weit gedreht.«

»Ja, ja, ich kann auch lesen«, sagte Todd. Er drückte auf den Knopf für Rückwärtsscrollen.

Nichts passierte.

Todd drückte noch einige Male auf den Knopf. Dann versuchte er es wieder mit Vorwärts.

Kein Glück. Das Gerät hing fest.

»Na toll!«, rief Todd genervt aus. »Das Ding hängt.« Er klopfte an die Seite des Monitors, als wäre es ein Fernseher mit schlechtem Empfang. »Komm schon, du blödes ...« Was immer er sagen wollte, er sprach es nicht mehr aus.

»Todd?«, fragte ich. »Was ist denn?«

Todd starrte auf das Sichtfenster und sein Mund blieb offen stehen.

Ich folgte seinem Blick. Es dauerte einen Moment, bis ich sah, worauf er starrte. Dann stieß ich einen kleinen Schrei aus.

Harold Norquists Nachruf verschwand vor unseren

Augen! Innerhalb weniger Sekunden waren die Worte und das Foto völlig verschwunden, bis da nichts mehr war als ein rechteckiger weißer Fleck.

Dann, während wir beide völlig schockiert zusahen, begann der Rest der Artikel auf dieser Seite sich selbst neu zu ordnen, füllte schnell die Lücke auf, wo der Artikel über den Todesfall gewesen war.

Mir fielen die Worte von Tonis Mutter wieder ein: »Mach einen Fehler in der Vergangenheit und das Universum versucht sich wieder anzupassen, um den Schaden zu beseitigen, den du angerichtet hast.«

Das war der Zeitpunkt, als ich den ersten Stoß spürte. Er schien geradewegs durch die Fußbodenbretter unter dem Tisch zu kommen. »Hast du das gespürt?«, fragte ich Todd.

Er nickte. »Du denkst doch nicht . . .?«, begann er.

Dann begann das richtige Poltern. »Zeitbeben!«, stieß ich hervor.

Todd packte meine Schulter und wir duckten uns unter den Tisch. Um uns herum begannen sich die Regale zu heben und zu senken. Alle möglichen Nachschlagewerke stürzten aus den Regalen. Feiner Mörtelstaub regnete von der alten Decke, gefolgt von Glassplittern, als eine der Neonröhren über uns explodierte. Würde das ganze Gebäude einstürzen?

Ich sah, dass der grauhaarige Mann sich unter einen

Tisch in unserer Nähe gekauert hatte und mit seinem Körper seinen Laptop abschirmte. Die weißhaarige Dame lag mit dem Gesicht nach unten auf dem Teppich und hielt ihre Reader's Digest über den Kopf wie ein Schild.

Dann, so plötzlich wie es begonnen hatte, hörte das Beben wieder auf. Die letzten Glassplitter fielen zu Boden. Ein allerletztes Buch fiel auf den Teppich.

Wir würden doch nicht sterben.

»Was um Himmels willen war das denn?«, fragte die alte Frau laut und stand wieder vom Boden auf.

»Es kam mir vor wie ein Erdbeben!«, antwortete der grauhaarige Mann und bürstete den Steinstaub von seinem Computer.

»Erdbeben?«, wiederholte die alte Frau ungläubig. »Mitten in Wisconsin?«

In diesem Augenblick tauchte die Bibliothekarin wieder auf. Ihre Brille hing nur noch an einem Ohr. »Würden Sie alle bitte leise sprechen?«, forderte sie uns mit rügender Stimme auf. »Erdbeben hin oder her, dies ist immer noch eine Bibliothek!«

8. KAPITEL

ASHLEY

»Der totale Hammer!«, rief Jack und hielt das schnurlose Telefon über seinen Kopf wie einen Tomahawk.

»Mach mal Pause«, murrte ich. Dies war das vierte Mal, dass Jack vorgab den »totalen Hammer« aufgespürt zu haben. Das erste Mal war es eine Skateboard-Firma in New York City gewesen. Das zweite Mal eine Wrestling-Hotline in Montana. Und die dritte Nummer war, sagen wir einfach, nicht für irgendjemand unter einundzwanzig.

Jetzt hatten wir nur noch eine halbe Tüte Kartoffelchips und immer noch die Nummer JL5.1945 bei weiteren sechsundzwanzig Vorwahlnummern in den Vereinigten Staaten auszuprobieren. Dann würden wir mit den internationalen Anrufen anfangen dürfen.

»Nein, es ist mein Ernst«, sagte er, schob mir das Telefon unter die Nase und drückte auf Wahlwiederholung. »Pass mal auf.«

»Jack, ich möchte nichts mehr von deinen bescheuerten . . . warte mal einen Moment!« Ich wurde aufgeregt, als ich die Ansage des Anrufbeantworters hörte.

»Hallo«, sagte die Stimme eines Mannes, »Sie sind mit Professor Mason Krieger in der Wissenschaftlichen Abteilung der Madison University verbunden. Ich bin leider im Augenblick nicht zu sprechen . . .«

»Das ist es!«, sagte ich zu Jack. »Mason Krieger. Wir haben das Rätsel gelöst!«

»Sag ich doch«, erwiderte er selbstgefällig.

In diesem Augenblick nahm jemand am anderen Ende ab. »Hallo?«, meldete sich eine Stimme. »Hallo?«

Ich deckte die Sprechmuschel ab. »Er ist dran!«, flüsterte ich.

»Und?«, antwortete Jack. »Warum sagst du mir das? Sprich mit dem Kerl!«

»Was soll ich ihm denn sagen?«, fragte ich voller Panik.

»Woher soll ich das wissen?«, gab Jack zurück. »Sag ihm, du willst in seine Vorlesungen gehen. Sag ihm, du wärst seine verlorene Tochter. Sag ihm irgendwas.«

»Hallo? Ist da jemand?«, tönte die Stimme durch das Telefon.

Ich räusperte mich. »Entschuldigen Sie, Professor«, fing ich an, »ich weiß, dies wird sich vielleicht etwas merk-

würdig anhören, aber ich habe ein Problem, von dem ich hoffte, Sie könnten mir bei der Lösung behilflich sein.« Ich bemühte mich um einen würdevollen Tonfall, aber ich glaube, ich hörte mich eher verzweifelt an.
»Ja?«, erwiderte er. »Welche Art von Problem?«
»Nun«, versuchte ich Zeit zu schinden, »nachdem Sie ein Professor für, ähm . . .«
»Genetik«, ergänzte er.
»Ja genau, Genetik sind, tja, also es ist so, ich habe diese Frage über Genetik . . .«
»Sicher. Welche Frage?«
Ich blickte zu Jack. Er zuckte mit den Schultern, was mir auch nicht gerade weiterhalf.
»Hallo?«, war die Stimme des Professors wieder zu hören. »Sind Sie noch da?«
»Ja, ich bin hier«, sagte ich seufzend. »Sie würden nicht zufällig glauben, dass ich Ihre lang vermisste Tochter bin, oder?«
»Junges Fräulein, soll dies vielleicht ein dummer Scherz sein?«
»Nein! Nein. Ehrlich. Es ist nur . . .« Da kam mir eine Idee. »Ein Freund und ich, wir schreiben ein Referat über berühmte Professoren für Genetik in Wisconsin und ich hatte gehofft, dass wir Sie interviewen könnten.«
»Oh weh«, sagte er. »Es tut mir ja Leid, dich enttäuschen

zu müssen, junges Fräulein, aber ich fürchte, dass ich nicht nur unglaublich nicht berühmt, sondern auch ab heute Abend nicht länger in Wisconsin sein werde.«

»Was meinen Sie damit?«, fragte ich.

»Das heißt, dass ich heute Abend nach Washington D.C. abreisen werde«, erwiderte er.

»Oh«, sagte ich enttäuscht. »Wann kommen Sie denn zurück?«

»Das ist es ja«, erwiderte er. »Ich komme überhaupt nicht zurück. Ich ziehe in unsere Hauptstadt um, um einen neuen Job anzunehmen. Also, sofern du dieses Interview nicht am Telefon machen möchtest . . .«

»Er reist heute Abend ab!«, zischte ich Jack mit abgedeckter Sprechmuschel an. Dann fuhr ich fort wieder zu telefonieren. »Nein, nein, wir möchten das Interview schon gerne persönlich machen, damit wir, ähm, Fotos machen können. Die dann dem Referat beigefügt werden. Für den Fall, dass es veröffentlicht wird.«

Am anderen Ende der Leitung war eine Pause. »Fotos, ja? Nun, wenn ihr unbedingt in die Uni kommen wollt, bitte, kommt vorbei und wir plaudern kurz. Ich werde sehen, ob ich einen Kamm finden kann. Aber ich muss euch warnen, mein Flugzeug geht um Punkt sieben Uhr dreißig.«

Sieben Uhr dreißig! Das ließ uns kaum genug Zeit, um zur Uni zu kommen, geschweige denn einen Weg zu finden, wie wir Dr. Mason Krieger überzeugen konnten die Omegas von der Übernahme der Welt abzuhalten. Trotzdem, es war die einzige Möglichkeit, die wir hatten.

»Was ist mit den anderen?«, fragte ich Jack, sobald ich das Gespräch mit dem Professor beendet hatte. »Sie wollten uns doch heute Abend hier treffen. Wenn sie uns nicht finden, werden sie denken, dass uns etwas Furchtbares zugestoßen ist.«

»Darum hab ich mich bereits gekümmert«, antwortete Jack. Er zeigte mir ein Stück Papier, auf das er geschrieben hatte:

Mason ist Dr. Krieger.

Sind in der Madison U. Bald zurück.

»Das ist alles?«, fragte ich.

»Wenn du willst, könnte ich es noch in ein paar anderen Sprachen schreiben«, antwortete er.

»Vergiss es«, sagte ich und nahm Stift und Papier aus seiner Hand. »Jungs sind einfach unmöglich!«

Ich schrieb eine genaue Erklärung, was passiert war und wohin wir wollten, dann legte ich den Zettel dorthin, wo unsere Freunde ihn auf jeden Fall finden würden. »Also bitte«, sagte ich. »Das wäre erledigt. Gehen wir.«

Jack nahm die restlichen Snacks und wir gingen los, beeilten uns den Bus um 2 Uhr 14 nach Madison zu bekommen – und das Universum zu retten.

9. KAPITEL

TONI

»Wohin jetzt?«, fragte ich Ethan, als wir die Main Street entlangeilten und den Schauplatz von Mayor Norquists Unfall verließen, bevor wir versehentlich noch mehr Schaden anrichteten. »Sollen wir noch ein anderes Krankenhaus überprüfen?«

»Nein«, antwortete er düster. »Das hat sowieso keinen Sinn. Vielleicht wird unser Mason erst später heute Abend geboren. Oder vielleicht wollten seine Eltern nicht, dass er in einem Krankenhaus zur Welt kommt – viele Babys sind auch zu Hause auf die Welt gekommen. Wir werden es erst wissen, wenn wir morgen die Geburtsregister gesehen haben.«

»Weißt du, was, Ethan«, sagte ich, »ich habe überlegt. Sagen wir, wir finden ein Baby namens Mason, das am fünften Juli geboren ist. Was sollen wir denn tun, wenn wir es gefunden haben? Seine Windel wechseln?«

Ethan sah mich an. »Daran hab ich gar nicht gedacht.«
»Also, vielleicht ist Mason auch gar nicht der Name einer lebenden Person.«
»Was sonst könnte es sein?«, fragte er.
»Ach, ich weiß nicht. Der Name eines Diners vielleicht?« Ich deutete auf das Ende des Blocks.
Dort, an der Ecke, befand sich ein Diner. Ein Neonschild hing über der Tür und blinkte immer wieder wie ein Signalzeichen:
MASON'S DINER
»Weißt du, da könntest du ja nicht Unrecht haben«, sagte Ethan zu mir und grinste.

Kling-e-ling!
Sobald die Glocke bei unserem Eintritt ins Mason's geklingelt hatte, drehte sich jeder Kopf in unsere Richtung. Draußen auf der Straße war ich fast überzeugt gewesen, dass Ethan Recht hatte: Die Leute waren einfach erstaunt darüber, wie wir aussahen. Ethans (für einen Jungen) langes Haar, seine Pump-Turnschuhe, die merkwürdige Kleidung von uns beiden.
Doch als wir das Diner betraten, bemerkte ich, dass die Leute eigentlich doch nicht Ethan anstarrten, nur mich. Natürlich warfen sie auch Ethan einen kurzen Blick zu. Doch die wahre Aufmerksamkeit war reserviert für die Toni Douglas Show.

Zugegebenermaßen, an der Schule hat früher auch niemand jemals einen Blick an Ethan verschwendet, wohingegen gewisse Jungs mit ihrem Fahrrad gegen einen Baum fuhren, nur weil sie einen Blick auf mich hatten werfen wollen. Aber damals konnte ich ihre Blicke als einfache Bewunderung für meinen modischen Geschmack und meine tolle Frisur verstehen.

Das hier war anders.

Das Diner war überfüllt. Glücklicherweise entdeckten wir zwei leere Plätze in der Nähe der Theke. Ethan setzt sich auf einen davon. Ich wollte mich gerade neben ihn setzen, als mir etwas am anderen Ende des Lokals ins Auge fiel.

Dort hinten stand eine alte Musikbox.

Ich hatte plötzlich eine Idee. Nenn es Eingebung.

»Hast du Kleingeld?«, fragte ich Ethan aufgeregt. Er sah mich verblüfft an, bis ich auf die Musikbox deutete und erklärte: »Ich möchte J-L-5 spielen.«

Er nickte und fischte einige Münzen aus seiner Tasche. »Gute Idee«, sagte er und reichte mir die Münzen. »Ich halte dir den Platz frei.«

Während ich nach hinten zur Musikbox ging, war ich mir sicher, dass ich das Rätsel gelöst hatte. Ich konnte mir richtiggehend vorstellen, dass irgendeine Nachricht abgespielt würde, sobald ich die Knöpfe J-L-5 gedrückt hatte – vielleicht Mr Kotos Stimme, die uns sagte, wer unser geheimnisvoller Wissenschaftler war und wo wir ihn fänden!

Ich war so in meine Gedanken vertieft, dass ich das Bein nicht bemerkte, das aus einer der Sitznischen herausschoss, als ich vorbeiging. Ich stolperte und stürzte auf die Knie. Die Münzen fielen um mich zu Boden.

»Pass doch auf, wo du hin trittst«, sagte die höhnische Stimme eines Mannes.

Ich wollte mich schon entschuldigen, als ich hörte, wie er leise ein Schimpfwort ausstieß, gefolgt von spöttischem Gelächter.

Ich erstarrte und spürte eine Gänsehaut über meinen Rücken laufen.

Ich blickte zum ersten Mal hoch zu dem Mann. Er sah aus, als sei er Anfang zwanzig. Korpulent mit lockigem schwarzem Haar und fleckiger Haut. Seine grauen Augen waren glanzlos und kalt und erinnerten mich irgendwie an die Augen eines Haifisches. Da saß noch ein anderer Mann mit ihm in der Nische. Ein magerer Typ mit strohblondem Haar und ebenso unfreundlichen Augen.

Von der Art und Weise, wie beide mich ansahen, wusste ich, dass sie mich absichtlich hatten stolpern lassen.

Der blonde Mann kniff die Augen zusammen. »Ist was, Kleine?«

Ich merkte, wie meine Handflächen anfingen zu kribbeln, eine elektrische Spannung begann sich aufzuladen ...

Aber so gerne ich den beiden eine Lehre erteilt hätte – nämlich: Leg dich nicht mit Toni Douglas an! –, wusste ich, die Sache war es nicht wert. Außerdem, wer konnte schon abschätzen, welchen unvorhersehbaren Schaden es in der Zukunft anrichten würde?

Stattdessen holte ich tief Luft, sammelte rasch mein Kleingeld ein und ging hinüber zur Musikbox.

Schmetterlinge, Schmetterlinge, wiederholte ich in Gedanken die ganze Zeit. Tritt auf keinen Schmetterling!

Die Musikbox war ein richtig altes Modell, ganz anders als die modernen mit CDs, an die ich gewöhnt war. Diese hier hatte ein geschnitztes Holzpaneel, Neonlicht, Perlmuttknöpfe und ein gefärbtes Glasfenster, durch das man die Platten darin sehen konnte. »Seeberg Nickel Melodeon« stand in schwungvollen goldenen Buchstaben vorne drauf.

Gespannt ließ ich einen Nickel in den Münzschlitz fallen. Ich begann die Knöpfe zu drücken.

J ... L ...

Bevor ich 5 drücken konnte, fuhr ein fleischiger Arm an mir vorbei und blockte mich ab.

Es war der Mann mit den Haifischaugen von vorhin.

»Tut mir Leid. Das Gerät ist kaputt«, sagte er. Hinter ihm kicherte sein magerer blonder Freund.

Ich ließ mich nicht einschüchtern. »Für mich sieht es ganz in Ordnung aus«, entgegnete ich, griff um seinen Arm und drückte schnell die 5.

Durch das Fenster der Musikbox sah ich zu, wie der mechanische Arm eine Scheibe auswählte und sie auf den Plattenteller legte. Sie begann sich zu drehen. Die Nadel wurde gesenkt, die Musik begann zu spielen ...

Und mit einem Mal ging das Gerät aus.

Dann sah ich warum: Der blonde Mann hatte den Stecker herausgezogen.

»Oh nein«, sagte der Mann mit den Haifischaugen. »Es ist auf jeden Fall kaputt. Und warum gehst du jetzt nicht einfach?«

Sie sagten wieder das Schimpfwort.

Und plötzlich war mir der Schutz der Zukunft nicht mehr so wichtig.

Es ist Zeit, dass Toni Douglas auf ein paar Schmetterlinge tritt!, dachte ich.

Ich schenkte ihm mein nettestes Lächeln. »Aber ich will nicht gehen«, erwiderte ich und legte eine Hand auf die Musikbox. »Und ich denke immer noch, dass Sie sich täuschen, was das Gerät hier betrifft.«

Ich konzentrierte mich und richtete meine Energie durch meine Handfläche auf die Musikbox. Es gab einen brummenden Klang und plötzlich flackerten die Lichter der Musikbox wieder auf – zehn Mal so hell. Die Platte begann sich zu drehen und die Stimme eines jungen Mädchens sang mit ohrenbetäubend hoher Stimme:

»On the goo-oo-ood ship Lol-lee-Pop! It's a swee-ee-eet trip to the can-dee shop!«

Tja, ich nehme an, J-L-5 war doch nicht Mr Koto. Aber es hatte zumindest den richtigen Effekt erzielt.

Der magere Blonde starrte auf den Stecker der Musikbox in seiner Hand, dann auf die ohne Stecker spielende Musikbox, die vor Elektrizität nur so sprühte. »Was zum ... wie ist das ... was bist du ...?«, stotterte er.

»Where bonbons plaaay on the sunny shore of Peppermint Baaay!«

Sein Freund mit den Haifischaugen zeigte eine ähnliche Reaktion. »Sie ist ... besessen!«, stieß er quiekend hervor. »Sehen wir zu, dass wir hier wegkommen!«

Und bevor man noch »Bye-bye, ihr Rassisten« sagen konnte ...

Kling-e-ling! Kling-e-ling!

... waren die beiden zur Türe hinaus verschwunden.

Nachdem ich diese beiden Idioten in die Flucht geschlagen hatte, war ich endlich in der Lage, Ethan bei einer Mahlzeit von riesigen Cheeseburgern mit Pommes Gesellschaft zu leisten. Die Kellnerin sah mich ratlos an, als ich eine Cola light bestellte, aber sie hatte kein Problem, als ich meine Bestellung in eine heiße Schokolade umänderte. Ich fand, dass ich mir das verdient hatte – schließlich schlug ich nicht jeden Tag ein paar rassistische Schweine in die Flucht. Außerdem hatte mein kleines Training in Audio-Electronics mir einen riesigen Appetit verschafft.

Natürlich war ich enttäuscht, dass meine Eingebung hinsichtlich der Musikbox falsch gewesen war und dass Nummer JL5 nichts weiteres als der blöde Shirley-Temple-Song gewesen war.

»Das wissen wir aber auch nicht sicher«, sagte Ethan und trank den Rest seines Malzbieres aus. »Ich meine, vielleicht arbeitet dieser oder diese Mason in einem Candy Shop und spielt mit Bonbons.«

Ich lachte. »Oder er oder sie lebt an der sonnigen Küste von Peppermint Bay.«

Unsere Kellnerin kam zu uns. »Möchtet ihr noch etwas?«, fragte sie.

Wir schüttelten die Köpfe. »Nur die Rechnung bitte«, sagte ich.

Sie kritzelte auf ihren Block, dann riss sie das oberste Blatt ab. »Das macht dann fünfundneunzig Cent«, sagte sie und legte die Rechnung auf unseren Tisch.

Fünfundneunzig Cent?

Sobald sie weit genug weg war, brachen Ethan und ich in verblüfftes Gelächter aus.

»Das ist alles?«, sagte ich. »Soll das heißen, das ganze Essen hat weniger als einen Dollar gekostet?«

»Wow!«, sagte Ethan und kramte einen Dollar in Münzen zusammen. »Vielleicht sollten wir, wenn das alles vorbei ist, hierher zurückkommen und bleiben.« Er legte noch ein paar Münzen als Trinkgeld dazu.

»Nein danke«, erwiderte ich. Nach all den Schwierigkeiten, die ich heute schon gehabt hatte, wollte ich so weit weg wie möglich von hier sein. Diese beiden Rassisten ließen in mir sozusagen Sehnsucht nach den Riesenratten aufkommen.

Wir waren schon fast aus der Tür, als unsere Kellnerin schrie: »Halt!«

Wir drehten uns um. »Was ist denn los?«, fragte Ethan. »Haben wir nicht genug Trinkgeld dagelassen?«

»Klar ... wenn ich meine Miete in Spielgeld zahlen könnte. Was sollen das hier denn für Münzen sein?«, sagte sie. Sie hielt sie einem der Gäste hin, einem merkwürdig aussehenden Typen im Overall. »Sieh dir mal das Datum auf diesen Münzen an, Vince – 1981 ... 1979 ... 1997! Das sind doch alles Fälschungen! Und das hier – wer soll das denn hier sein?«

»Sieht aus wie Präsident Roosevelt!«, sagte der Mann im Overall.

Das liegt daran, dass es Franklin Roosevelt *ist,* dachte ich mit einem flauen Gefühl im Magen. Nur dass er nicht vor 1946 auf einem Dime erscheint . . . und das ist erst in einem Jahr!

». . . Falschmünzer!«, schrie die Kellnerin, nahm den Telefonhörer ab und begann zu wählen. »Verschließ die Tür, Vince, und lass sie nicht entkommen. Ich ruf die Polizei!«

10. KAPITEL

JACK

»Glaubst du, Dr. Krieger ist gestört?«, fragte ich Ashley, während wir über die ausgedehnte Rasenfläche liefen, die sich zwischen den Backsteingebäuden der Madison University erstreckte.

»Du meinst, ob er sich durch uns gestört fühlen wird?«

»Nein«, erklärte ich. »Ich meine, ob er durchgeknallt ist.«

Ashley warf mir einen genervten Blick zu. »Wie kommst du denn darauf, Jack?«

»Na ja, er ist ein Wissenschaftler für Genetik. Das ist so was wie Dr. Frankenstein, oder?« Ich konnte ihn mir richtiggehend vorstellen: hervorquellende Augen, weißes Haar wie ein Mopp.

»Am Telefon klang er ganz normal«, erwiderte Ashley.

»Ach, komm schon, Ash«, zog ich sie auf. »Gib es zu. Ich wette, Krieger hat uns wegen des Jobs in Washington angelogen. In Wirklichkeit muss er vor wütenden Bürgern mit Fackeln fliehen, die sein Labor niederbrennen wollen.«

Ashley verdrehte die Augen. »Wie du meinst, Jack.«

Wir hatten das andere Ende des Rasens erreicht, wo eine Gruppe von hübschen College-Mädchen um eine hohe Leiter stand. Sie hängten ein riesiges Papierbanner zwischen zwei Bäumen auf. »Entschuldigt bitte mal«, fragte ich eine von ihnen, eine selbstbewusst aussehende Blondine. »Weißt du, wo wir Professor Krieger finden?«

»In welcher Abteilung ist er denn?«, fragte sie zurück.

»Naturwissenschaft«, antwortete Ashley.

»Hmmm.« Die Blondine dachte einen Moment nach, dann drehte sie sich zu einem anderen Mädchen in der Gruppe. »Kelly – du machst doch Bio. Kennst du einen Professor Krieger?«

»Krieger?«, erwiderte eine Rothaarige mit Brille. Sie schüttelte den Kopf. »Tut mir Leid. Noch nie von ihm gehört. Aber dort drüben ist das naturwissenschaftliche Gebäude«, erklärte sie uns und nickte in Richtung eines mit Efeu bedeckten Hauses.

»Ihr müsst die Schüler mit dem Referat sein«, sagte eine freundliche Stimme, sobald wir durch die Messingtüren des Gebäudes getreten waren. »Ich bin Dr. Krieger«, stellte er sich vor und streckte uns die Hand entgegen.

Zu meiner großen Enttäuschung stellte sich Dr. Krieger als völlig normal aussehender Typ von ungefähr vierzig Jahren heraus. Sein hellbraunes Haar war schon etwas dünn und er trug eine Brille mit Hornfassung. Er hatte nicht einmal die Anständigkeit, einen Laborkittel zu tragen. Stattdessen trug er ein hellblaues Polohemd und Khakis. Wenn er gestört war, dann konnte er es jedenfalls gut verheimlichen.

Er schüttelte uns die Hände. »Kommt«, sagte er und lächelte. »Gehen wir in mein Büro.«

Wir folgten Dr. Krieger einen mit Teppichboden ausgelegten Flur entlang, an ein paar Studenten in T-Shirts und Sandalen vorbei, die zwischen kleinen Arbeitskabinen hin und her eilten. Er führte uns eine Treppe hinunter, durch einen anderen Flur, eine zweite Treppe hinunter und schließlich in sein Büro im Keller.

Kein Wunder, dass dieses Mädchen von vorhin ihn nicht gekannt hatte, dachte ich. Dr. Kriegers Büro war so versteckt, dass man praktisch einen Kompass brauchte, um es zu finden. »Wo sind denn all die Teströhrchen und Körperteile und der Apparat, der Funken sprüht?«, wollte ich wissen, sobald wir den schwach erleuchteten Raum betreten hatten.

»Achten Sie bitte nicht auf Jack«, warf Ashley ein. »Er hat heute seine Medizin noch nicht genommen.«
»Nein, nein«, sagte der Professor, »er zeigt nur eine gesunde Portion Neugierde. Nun, Jack, ich muss dir leider mitteilen, dass ich den größten Teil meiner Arbeit am Computer erledige und nicht an toten Körpern. Was meine Ausrüstung betrifft – das ist schon alles zusammengepackt, um mit mir nach Washington zu kommen.«
Wir waren umgeben von Kartons jeder Form und Größe, von großen, die aussahen, als ob sie eine halbe Bibliothek beinhalteten, bis zu kleineren, auf denen »Zerbrechlich« und »Vorsicht Glas« stand.
»Werden Sie an einer anderen Universität unterrichten?«, fragte Ashley.
»Nein«, antwortete er. »Ich werde für die Regierung arbeiten. Man hat mir angeboten meine Forschungen in einem aufregenden neuen Gebiet zu unterstützen, genannt IGF, das heißt ›Interspecies Genetic Fusion‹. Dabei werden die Gene verschiedener Tiere kombiniert, um einen neuen Organismus zu schaffen.«
Ashley und ich tauschten einen wissenden Blick aus.
»Das ist ja . . . sehr interessant«, sagte ich.
»Oh, es ist mehr als interessant«, erwiderte er. »Es ist wie ein Traum, der wahr wird. Ich kann endlich die

Experimente durchführen, die ich schon mein ganzes Leben im Kopf hatte.«

»Warum glauben Sie denn, ist die Regierung so an Genetik interessiert?«, fragte Ashley.

»Das hat man mir nicht gesagt«, antwortete er mit einem Lächeln, »und ich habe auch nicht gefragt. Wie heißt das Sprichwort so schön? Einem geschenkten Gaul schaut man nicht ins Maul oder so.«

»Aber wenn die Regierung etwas . . . Böses im Sinn hätte mit Ihrer Forschung?«, fragte ich.

Der Professor blinzelte einige Male. »Ich bin nicht sicher, ob ich verstanden habe, was du meinst.«

»Jack«, flüsterte Ashley, »langsam. Wir wollen den Professor überzeugen, nicht verschrecken.«

»Mich überzeugen?«, fragte Dr. Krieger. »Mich wovon denn genau überzeugen?«

Ich drehte mich zurück zu ihm. »Professor Krieger, sagen wir mal theoretisch, dass Sie Besuch bekämen von jemandem aus der Zukunft.«

Der Professor hob die Augenbrauen, dann lachte er kurz auf. »Okay . . .«, sagte er.

Ashley beobachtete mich genau. Ich lächelte sie an, um ihr klar zu machen: Siehst du, ich mache das schon richtig.

»Und nehmen wir mal an«, fuhr ich fort, »dass diese Person Ihnen erzählen würde, dass die menschliche

Rasse in der Zukunft ausgelöscht würde, in einem entsetzlichen Kampf gegen genetisch erzeugte Monster, welche die Regierung unter Benutzung Ihrer Technik entwickelt hat. Es wäre vielleicht nur wenigen gelungen, zu überleben, und die wären gezwungen unter der Erde zu leben und gegen gigantische Ratten anzukämpfen. Was würden Sie darauf antworten?«
Ashley stöhnte. Der Professor starrte mich nur an. »Ist dies Teil des Interviews?«, fragte er.
Ashley legte mir ihre Hand auf den Mund. »Professor Krieger, dies wird für Sie vielleicht sehr schwer zu glauben sein, aber wir wissen, wie Ihre Arbeit sich in der Zukunft entwickeln wird. Wir haben die Zukunft gesehen. Und wenn Sie sich vielleicht auch nicht vorstellen können, dass Ihre Arbeit für etwas Böses benutzt werden könnte, sind wir hier, um Ihnen zu sagen, dass es so sein wird.«
»Oh, aber ihr täuscht euch«, protestierte er. »Meine Forschungen sind harmlos.«
»Das sind sie im Moment noch«, erklärte ihm Ashley. »Aber in einigen Jahren wird die Regierung merken, dass Ihre Forschungen militärische Möglichkeiten bietet. Man wird sie benutzen, um genetisch verbesserte Soldaten zu schaffen. Furchtbare Killermaschinen, welche die Erde, wie wir sie kennen, zerstören werden.

»Wenn Sie nach Washington gehen«, schloss ich, »werden Sie damit das Todesurteil für die Menschheit unterschreiben.«

Professor Krieger sah zwischen Ashley und mir hin und her. Offensichtlich versuchte er herauszufinden, ob wir ihn auf den Arm nehmen wollten. »Lasst mich dies mal klar stellen. Ihr bittet mich darum, dass ich mein Lebenswerk einstelle, weil ihr eine schreckliche Geschichte über die Zukunft erzählt?« Er lachte. »Das ist das Lächerlichste, was ich in meinem ganzen Leben gehört habe.«

Ich hatte mir schon gedacht, dass er so reagieren würde. Darauf hatte ich mich vorbereitet. »Lächerlich, ja?«, wiederholte ich und holte eine Sicherheitsnadel aus meiner Tasche. »Und wie lächerlich ist das hier?«

Ich stach mir in die Spitze meines Zeigefingers.

»Was tust du denn da?«, rief der Professor. Doch dann schwieg er.

Ein Blutstropfen begann sich dort zu bilden, wo ich mich gestochen hatte.

Er war silbern.

Er hing da wie ein Quecksilberkügelchen. Dem Professor blieb der Mund offen stehen. »Wer ... was ... wer seid ihr?«, stammelte er.

»Wir sind die Ergebnisse Ihres Experiments, Professor«, antwortete ich. »Und die Zukunft der Welt hängt von Ihrer Hilfe ab. Sind Sie auf unserer Seite oder gegen uns?«

Er starrte uns an – wie es uns vorkam, stundenlang.

»Auf eurer Seite«, antwortete er.

11. KAPITEL

ETHAN

Als die beiden Polizisten im Mason's Diner ankamen, verloren sie keine Zeit, unser »Falschgeld« zu konfiszieren, uns Handschellen anzulegen und uns hinaus in ihren wartenden Streifenwagen zu führen.

Draußen war das Lokal in einen flackernden roten Schein gehüllt von der »Kirsche« des Streifenwagens, dem sich drehenden roten Licht auf dem Autodach. Anscheinend hatten sie im Jahr 1945 noch nicht daran gedacht, blaue und weiße Lampen hinzuzufügen, wie mein Dad sie auf seinem Auto hatte. »Kopf einziehen!«, befahl der Polizist, während er Toni auf den Rücksitz des Polizeiautos schob. Sie warf ihm einen frechen Blick zu und stieß sich ihre Stirn am Türrahmen.

In den Minuten, bevor die Cops aufgetaucht waren, hatten Toni und ich die Möglichkeiten einer Flucht diskutiert. Anscheinend hatte ihre kleine Musikbox-Show sie zu sehr ausgelaugt. Selbst nach dem Essen fühlte sie sich nicht, als hätte sie genug Saft, uns beide mit Hilfe eines Zeitsprungs da wegzubringen. Ich hätte ja vielleicht einen Kampf anfangen können und auch entkommen können, aber das hätte Toni nicht weitergeholfen und ohne sie hatte ich auch kein Ticket hier weg.

Jetzt ließ Toni sich neben mich fallen und sah so aus, als hätte sie am liebsten einen Kampf angefangen. »Ich glaube es einfach nicht«, schimpfte sie. »Was kann denn noch falsch laufen?«

»Na ja, sieh es mal von der Seite«, sagte ich zu ihr. »Wir haben sowieso einen Ruheplatz gebraucht, bis du dich aufgeladen hast, und jetzt haben wir einen. Ein paar falsch aussehende Münzen, das heißt, sie werden uns wahrscheinlich nicht einmal ins Gefängnis stecken. Bestimmt nehmen sie nur unsere Fingerabdrücke, machen Fotos und lassen uns wieder gehen.«

»Ich hoffe, du hast Recht«, sagte sie. »Ich möchte nicht die Nacht im Gefängnis verbringen.«

Ehrlich gesagt, war ich mir da gar nicht so sicher. Falschgeld zu verbreiten war ein Staatsverbrechen. Ich wusste nicht, wie die Gesetze in den Vierzigerjahren aussahen, aber in den Neunzigern wurde in solchen Fällen sogar das FBI eingeschaltet. In einem klei-

nen Ort wie Metier würde dies für einige Aufmerksamkeit sorgen. Nicht gerade das, was wir brauchten.
Als wir losfuhren, sah ich Mason's Diner im Rückspiegel kleiner werden. Wir bogen um die Ecke auf die Fillmore und ich bemerkte einen zweiten Streifenwagen vor dem Restaurant anhalten.
Ich hatte keine Ahnung, was wir sagen sollten, wenn wir erst einmal auf der Polizeiwache waren. Es gab alle möglichen Fragen, die wir nicht beantworten konnten. Wie sollten wir nur erklären, woher wir das Geld hatten? Und was noch schlimmer war – wir waren minderjährig – wo waren unsere Eltern?
»Das ist ja echt interessant«, sagte Toni. Sie hielt ihre Handschellen ins Licht.
»Wieso?«, fragte ich.
»Schau dir mal diese komischen Handschellen an. Sie sind nicht aus Chrom wie die, die wir in den Neunzigern haben. Sie sind viel größer. Und die Kette, die sie verbindet, ist viel schwerer. Sie ist aus Eisen oder so was.«
»So sahen die Dinger wohl 1945 aus«, antwortete ich. Ich bemerkte, dass Tonis Unterlippe zitterte. »Toni«, fragte ich besorgt, »alles in Ordnung mit dir?«
»Was ist denn bloß mit meinem Leben passiert?«, jammerte sie. »Ich bin erst dreizehn, und das ist schon das zweite Mal, dass ich auf dem Rücksitz eines Streifen-

wagens sitze!« Sie wischte sich mit dem Ärmel über die Nase. »Ich bin wahrscheinlich die einzige Achtklässlerin der Welt, die sich mit Handschellen auskennt!«

»Toni«, flüsterte ich, »komm schon. Reiß dich zusammen. Sie können dich ja hören.«

Wie auf das Stichwort drehte sich der Polizist hinter dem Lenkrad um. Er spähte durch das Metallgitter, das die vorderen Sitze von den hinteren trennte, zu uns. »Also, wofür habt ihr beiden euch denn verkleidet – für einen Zirkus?«, fragte er.

Sein Partner auf dem Beifahrersitz lachte, als ob er gerade den besten Witz der Menschheitsgeschichte gehört hätte.

»Wenn es so wäre«, murrte Toni leise, »wüsste ich jedenfalls, wo wir Clowns herbekämen.«

Ich lachte leise. Dann blieb mir das Lachen im Halse stecken.

Es hatte sich einiges in Metier geändert seit 1945, aber die Polizeiwache jedenfalls nicht. Ich erinnerte mich daran, dass mein Dad mir einmal eine Plakette an der Wand gezeigt hatte, welche an die Gründung der Polizeiwache erinnerte, und zwar im Jahr 1910. Damals gab es nur zwei Polizisten – einen Sheriff und einen Deputy – und statt eines Autos benutzten sie eine Pferdekutsche. Aber seit ihrer Gründung, fünfundsiebzig Jahre vor meinem Geburtstag, hatte sich die Polizeiwache immer in demselben zweistöckigen Gebäude auf der Main Street befunden.

Warum also fuhren sie mit uns in Richtung Reservoir? Es konnte nicht sein! Sie konnten keine Omegas sein. Wir befanden uns im Jahr 1945! Wie hätten sie überhaupt wissen sollen, dass sie hier nach uns suchen mussten?

Der zweite Streifenwagen, den ich vor dem Diner hatte halten sehen – plötzlich wurde mir klar, dass das gar keine Verstärkung gewesen war. Das waren die echten Polizisten gewesen, die eintrafen. Das bedeutete, dass die Polizisten, die dieses Auto fuhren . . . etwas anderes waren.

Wenn ich mir einen Horrorfilm anschaue und der Held ist dabei, in das Haus zu gehen, in dem der Killer wartet, wird mir immer ganz flau im Magen. Das gleiche Gefühl bekam ich jetzt auch. Ich spähte in den Rückspiegel und versuchte einen Blick in die Gesichter der Polizisten zu erhaschen. Vielleicht täuschte ich mich.

Ich beugte mich vor und blickte auf den Hals der beiden Männer vor mir in ihren steifen blauen Polizistenuniformen von 1945. Sie sahen ganz bestimmt nicht wie Omegas aus. Vielleicht bildete ich mir das alles ein. Aber ich musste sicher sein.

Ich lehnte mich lässig zurück und drehte mich zu Toni. »Ehrlich gesagt«, informierte ich sie, »weiß ich sogar, warum sie die alten eisernen Handschellen überhaupt gegen die verchromten ausgetauscht haben. Mein Dad hat es mir einmal erzählt. Die alten Handschellen waren zu leicht abzumachen, wenn man sie erhitzte.«

Sie registrierte meinen Gesichtsausdruck und merkte auf bei meiner Betonung auf dem Wort »erhitzte«. »Sind wir irgendwie in Gefahr?«, flüsterte sie. Dann stellte sie anscheinend die gleichen Überlegungen an wie ich. »Sind sie . . .?«, fragte sie.

Ich nickte nur.

»Worüber redet ihr dahinten denn?«, fragte der Polizist auf dem Beifahrersitz. Er lachte kurz auf. »Ihr habt doch nicht vor davonzulaufen, oder?«

»Ich habe nur bemerkt, dass Sie einen Riesenumweg fahren, wenn Sie zur Polizeiwache wollen«, erwiderte ich.

»Was meinst du damit?«, fragte er.

»Ich meine damit, dass die Polizeiwache nicht in dieser Richtung liegt«, antwortete ich, »nicht mal im Jahr 1945.«

»Du bist ja ein schlaues Kerlchen«, sagte sein Partner. »Vielleicht ein wenig zu schlau.«

Mit einer heftigen Bewegung des Steuerrads lenkte

der Fahrer das Auto in eine Seitenstraße, die in einer Allee endete. Er parkte das Auto und sprang heraus. Dann kam er zurück und öffnete die Tür.

Die Maskerade war vorbei. Unter unseren Blicken begannen sich seine Gesichtszüge zu verändern. Die Knochen seines Gesichts ordneten sich langsam neu. Seine Haut dehnte sich und wurde silbrig. Er wurde größer und dünner, bis er als Omega vor uns stand.

»Steigt aus dem Auto aus«, befahl er, seine Augen funkelten mit kaum verhüllter Wut. »Sofort.« Er hatte einen Gummiknüppel in einer Hand und einen Revolver in der anderen Hand.

»Zwing mich doch«, sagte Toni und hielt ihm ihre Hände mit den Handschellen entgegen.

Der Omega gab etwas von sich, was vielleicht ein Lachen sein sollte. »Mit Vergnügen.«

Er packte die Handschellen an der Kette und hatte offensichtlich vor Toni so aus dem Auto zu ziehen. Anscheinend hatte er wohl die winzigen Funken nicht gesehen, die um die Handschellen herum glühten, wie hunderte kleiner rosa Glühwürmchen.

»Aaaaaauuuuu!«, schrie der Omega, als siebzigtausend Volt reine Energie seinen Arm hinaufschossen. Er fiel zu Boden und krümmte sich unter den Schmerzen des Energiestoßes. Seine Hand hatte die Kette an Tonis Handschellen durchgeschmort.

»Lauf, Toni!«, rief ich, als sie aus dem Auto sprang. »Lauf! Lauf!«

»Wir werden sehen, wie weit sie kommt«, rief der andere Omega schneidend und rutschte auf den Fahrersitz. Mit einer schnellen Handbewegung ließ er den Motor an und legte den Gang ein. Die Reifen des Streifenwagens quietschten, als er einen Schnellstart hinlegte.

Toni sah sich über die Schulter um und blinzelte in die auf sie zukommenden Scheinwerfer. Sie hatte nur einen Moment, um zu überlegen. Sie konnte nirgendwohin ausweichen – und das Auto raste auf sie zu.

»Du kannst sie nicht umbringen!«, schrie ich. »Ihr braucht sie . . . ihr braucht uns lebend!«

»Halt den Mund, Alpha-Abschaum«, zischte der Omega. »Lebend oder tot, das ist jetzt egal.«

Wir fuhren geradewegs auf eine Steinmauer zu. Toni saß in der Falle. Es waren nur noch Sekunden bis zum Aufprall. Selbst wenn ich ins Steuer hätte fassen können, es würde nichts nützen – sie würde trotzdem sterben.

Doch wie sich herausstellte, musste ich ihr nicht helfen. Unvermittelt gab es einen grellen Blitz und Toni war fort.

Als die Mauer bei siebzig Meilen pro Stunde auf uns

zukam, wünschte ich, ich würde den gleichen Trick kennen. Ich umklammerte den Sitz vor mir und stellte mich auf den Aufprall ein. Aber ich wusste, es war vorbei. Unmöglich konnte ich diesen Aufprall überleben.

12. KAPITEL

ASHLEY

Der Professor hatte den Kopf in die Hände gestützt und sah uns schockiert an. Wir hatten ihm gerade die ganze Geschichte des Omega-Projekts erzählt. Wie seine Forschungen für militärische Zwecke missbraucht worden waren. Wie die Alphas, genetisch entworfen als perfekte Kampfmaschinen, ein Gewissen entwickelt und sich aus dem Griff der Regierung befreit hatten. Wie die Omegas, entworfen als korrigierte Version der Alphas, sich gegen genau jene gewandt hatten, die sie geschaffen hatten. Und wie unsere Eltern, Überlebende des Alpha-Projekts, von einem der ihren verraten worden und dadurch gezwungen waren die Omegas durch uns, ihre Kinder, zu bekämpfen.

»Wenn ich also heute Abend nach Washington abgereist wäre«, sagte er schließlich, »wäre dies das Ende

gewesen.« Er seufzte schwer. »Das Ende der Menschheit!«
»Ja«, erwiderte ich. »Aber sehen Sie es mal von der positiven Seite. Wir haben Sie rechtzeitig gefunden.«
»Ich hoffe, ihr habt Recht.« Der Professor schien für einen Moment in Gedanken verloren zu sein. Dann betrachtete er uns nachdenklich. »Aber lasst uns vorsichtig in der ganzen Sache sein. Wir dürfen keine Spuren zurücklassen.«
»Welche Spuren denn?«, fragte ich.
»Nun, ich denke, ich kann all meine Unterlagen und Forschungsergebnisse vernichten, aber ich kann mein Gedächtnis nicht auslöschen. Es könnte jemand kommen und mich zwingen, meine Forschungen zu wiederholen. Deshalb muss ich mich eine Zeit lang verstecken. Vielleicht ziemlich lange. Wenn es eine Möglichkeit gibt, mich zu finden, könnte der Planet immer noch in Gefahr sein.« Er sah uns besorgt an. »Wer weiß, dass ihr hierher gekommen seid, um mich zu warnen?«
»Niemand«, sagte Jack. »Wir hatten es so eilig, dass wir nur eine Nachricht für unsere Freunde zurücklassen konnten.«
»Das ist gut«, antwortete der Professor. »Je weniger Leute davon wissen, desto besser. Abgesehen von eurer Nachricht, habt ihr meinen Namen irgendwo auf-

geschrieben, in ein Tagebuch oder einen Brief an einen Freund, vielleicht?«

»Nein«, antwortete ich. »Wir waren viel zu sehr damit beschäftigt, unsere nächsten Schritte zu überlegen.«

»Ja«, sagte er mitfühlend. »Ihr seht erschöpft aus. Und was ist mit den anderen Alpha-Kindern? Solange sie immer noch irgendwo unterwegs sind, könnten sie meinen Namen aufdecken oder selbst in Gefahr sein. Wisst ihr, wo sie jetzt sind?«

»Tja, zwei von ihnen sind in der Bibliothek von Metier«, erwiderte ich. »Die anderen beiden suchen im Juli 1945 nach Ihnen. Doch sie werden wahrscheinlich alle hierher kommen, sobald sie unsere Nachricht im Baumhaus gefunden haben.«

»Ich verstehe«, sagte Professor Krieger. Er nahm seine Hornbrille ab, steckte sie in die Tasche seines Hemdes und stand auf. »Ich sage euch, was wir tun werden. Ich habe ein paar Freunde, die außerhalb der Stadt wohnen. Wir werden für ein paar Tage bei ihnen bleiben. Ich werde die Leute in Washington anrufen und ihnen sagen, dass ich etwas später komme. Das gibt uns einen kleinen Zeitaufschub, ohne ihren Verdacht zu erregen.«

Der Professor ging zur Tür, blieb noch einmal stehen und sah zu uns zurück. »In der Zwischenzeit versucht zu überlegen, ob es irgendetwas gibt, was ihr vergessen habt. Noch irgendwelche Spuren, die unsere Feinde hierher führen könnten.«

Er schloss leise die Tür hinter sich und ließ Jack und mich allein im leeren Büro. »Meine Güte«, sagte Jack, »glaubst du, ich hätte ihm von den Brotkrumen erzählen sollen?

»Welchen Brotkrumen?«, fragte ich.

»Diejenigen, die ich fallen gelassen habe, seit wir das Lebkuchenhaus verlassen haben«, antwortete er.

»Jack, versuch doch ausnahmsweise mal ernst zu bleiben.«

»Okay, es ist mein Ernst. Mit diesem Kerl stimmt irgendetwas nicht. Ich mag ihn nicht.«

Ehrlich gesagt, dachte ich das Gleiche. Wann immer in einem Film jemand anfängt dich nach »Spuren« zu fragen – zum Beispiel, ob du irgendjemand anders erzählt hast, wo der Schatz verborgen ist –, dann tut er das normalerweise, weil er dich umbringen und den Schatz für sich haben will. Aber das war nur im Film. Wir hatten allen Grund, Professor Krieger zu vertrauen. Alles, was er sagte und tat, machte Sinn. Und außerdem wollte ich auf keinen Fall Jack die Genugtuung verschaffen, dass ich ihm Recht gab. »Tja, ich bin sicher, er ist von dir auch nicht allzu begeistert«, gab ich zurück.

»Es ist mein Ernst, Ash. Scheint er nicht ein wenig merkwürdig?«

»Du musst es ja wissen, Jack. Du bist der hiesige Experte für Merkwürdigkeiten.«
»Warum hat er uns all diese Fragen gestellt?«
»Hast du denn nicht aufgepasst? Er versuchte herauszufinden, ob uns irgendjemand hierher verfolgen könnte. Irgendjemand, der uns etwas antun könnte.«
»Oder uns helfen«, fügte er hinzu.
»Ach komm schon!«, protestierte ich. »Krieger ist auf unserer Seite! Und wir brauchen ihn, Jack. Wir brauchen ihn, um die Omegas zu besiegen.« Ich verschränkte die Arme und setzte mich auf einen der Pappkartons. Peinlicherweise und zu meiner völligen Überraschung brach er unter meinem Gewicht zusammen.
Jack lachte. »Hoffen wir, es ist nichts Zerbrechliches darin«, sagte er, »oder gar etwas Radioaktives.«
»Das ist nicht lustig«, erwiderte ich und öffnete vorsichtig den Karton. »Ich hoffe, er kommt nicht rein und erwischt uns dabei.« Sorgfältig öffnete ich den Karton. Was ich darin sah, verschlug mir den Atem.
Er war leer.
»Jack«, sagte ich und spürte eine Gänsehaut über meinen Rücken laufen. »Sieh dir das an.«
Jack spähte in den Karton. »Wow!«, sagte er. »Er reist wirklich mit leichtem Gepäck.«
Ich hob den Karton neben mir. Anhand des Gewichts

konnte ich sofort sagen, dass er ebenfalls leer war.
»Der hier ist auch leer«, verkündete Jack, der einen dritten Karton über seinen Kopf hielt.
»Sie sind alle leer«, wurde mir mit Entsetzen klar. »Jack, was hat das zu bedeuten?«
»Es gibt zwei Möglichkeiten«, erwiderte Jack. »Entweder studiert er Gase und das ist seine Sauerstoffsammlung, oder . . .«
»Oder?«, fragte ich nach.
»Oder wir müssen einen Weg finden, aus diesem Fenster zu kommen«, antwortete er. »Denn er steht draußen im Flur und inzwischen bin ich sicher, dass er nicht alleine ist.«
Ich sah zum Fenster, eine Milchglasscheibe von etwa sechzig Zentimetern Länge und fünfundzwanzig Zentimetern Höhe. Es glich eher einem Briefkastenschlitz als einem Fenster. Außerdem befand es sich ungefähr zweieinhalb Meter über dem Fußboden. Wie sollten wir jemals dort hindurchpassen?

Professor Krieger kehrte wenige Augenblicke später in den Raum zurück. Im ersten Moment dachte ich, wir hätten einen furchtbaren Fehler gemacht und dieser nette Wissenschaftler würde nun ein für alle Mal glauben, dass wir völlig verrückt waren.
Als er uns nicht mehr sehen konnte, blieb er unver-

mittelt stehen. »Kinder?«, rief er mit gerunzelter Stirn.
Dann bemerkte er die Kartons, die wir aufgestapelt hatten, um das Fenster zu erreichen, das nun weit offen stand. Mit zwei raschen Schritten hatte er die provisorische Treppe erreicht. Sein Gesicht verzog sich voller Wut. Mit einem wilden Fauchen holte der Professor aus und stieß die Kartons um. Er hob seine Hand und sprach in seine Armbanduhr.
»Sie sind entkommen!«, fauchte er und ließ seine Maske fallen. Im gleichen Augenblick wurden seine Augen größer, dunkler und verwandelten sich in die entsetzlichen schwarzen scheibenartigen Augen eines Omegas. »Sucht das Gelände ab! Sie können noch nicht weit sein.« Er drehte sich um und rannte hinaus in den Flur.
Sobald die Luft rein war, kamen Jack und ich aus unserem Versteck in einem der riesigen Umzugskartons.
»Bloß gut, dass er darauf reingefallen ist«, meinte Jack. »Soviel ich weiß, sind die Ladeflächen dieser UPS-Transporter sehr ungemütlich.«
»Komm schon!«, flüsterte ich. »Sehen wir zu, dass wir hier wegkommen!«
Kurz darauf gingen wir über die Treppe zum Hauptflur des Gebäudes. Es war jetzt leer; die Studenten waren fort. Wir schlichen uns schnell über den mit Tep-

pichboden ausgelegten Gang, an den kleinen Arbeitskabinen mit den dunklen Computerbildschirmen vorbei und kamen schließlich an der großen Messingtüre an. Hoffentlich hatte unser Trick gewirkt. Wenn die Omegas glaubten, wir wären bereits durch das Fenster entkommen, würden sie nicht den Haupteingang bewachen.

Der Campus draußen sah leer aus.

Wir rannten hinaus in die warme Nachtluft und wollten schon über die ausgedehnte Rasenfläche laufen, als ich merkte, dass etwas ganz und gar nicht stimmte. Ich blickte hoch und schrie vor Schreck laut auf.

Dort am nächtlichen Himmel befand sich die Zeitmaschine der Omegas, eine riesige Metallkugel, die in der Dunkelheit hing wie ein tödlicher silberner Mond. Ein Ring von blauen Lichtern pulsierte an der Unterseite wie der Herzschlag von Aliens. Das Summen der Antriebsmotoren erstickte jedes andere Geräusch.

Eine furchtbare Sekunde lang war ich wie gelähmt, unfähig mich zu bewegen oder sogar zu atmen.

Dann auf einmal war der Bann gebrochen. Mir wurde das ganze Ausmaß unserer entsetzlichen Lage bewusst. Wir durften nicht gefangen genommen werden, nicht schon wieder. Doch über die Rasenfläche zu rennen wäre sinnlos. Dadurch glichen wir Tontauben, die zum Abschuss freigegeben sind.

Stattdessen drehten wir uns wieder in Richtung Gebäude.
Als wir zum Eingang rannten, verspürte ich ein merkwürdiges Gefühl. Auf einmal fühlte sich die Luft um mich herum eigenartig an. Dicker und irgendwie statisch aufgeladen. Es fühlte sich an, als ob ich versuchte durch einen Swimmingpool zu rennen – einen Pool, der mit Honig gefüllt ist. Was passierte hier?
Dann sah ich auf meine Füße und mir blieb fast das Herz stehen: Ich hing zehn Zentimeter über dem Boden.
Das Omega-Schiff hatte mich in einem Fangstrahl erfasst!
Ich begann mich in die Luft zu erheben, die Füße voran.
»Jack?«, schrie ich.
Er wirbelte herum und sah sich nach mir um. Seine Augen wurden groß vor Erstaunen und vor Furcht. Zu spät streckte er seine Hand aus. Ich machte einen verzweifelten Satz nach seinem Arm, doch meine Fingerspitzen berührten gerade noch seine.
Dann bemerkte ich voller Entsetzen, dass Jack ebenfalls anfing in die Luft zu steigen.
Wir schwebten genau an dem Banner der Studentenvereinigung vorbei, das die Mädchen vorhin aufgehängt hatten. »Ohne Deltas geht es nicht! Wir brau-

chen sie und sie auch DICH!«, stand in großen roten Buchstaben darauf. Als wir vorbeischwebten, packte Jack das dünne Papierbanner. Ich schaffte es, mich an seinem Knöchel festzuhalten.

Einen Augenblick lang hingen wir dort, wie ein komisches umgedrehtes Mobile. Jack kämpfte gegen die Kraft des Fangstrahls an, obwohl wir beide wussten, es war ein aussichtsloser Kampf.

Ich blickte hinauf zu dem über uns schwebenden Raumschiff und schauderte bei dem Gedanken, was uns dort erwartete. Wir hatten so hart gekämpft, um so weit zu kommen – und jetzt war alles umsonst.

Mit einem scharfen Geräusch wurde das Banner entzweigerissen und Jack und ich segelten durch die Luft.

Die Deltas mögen uns brauchen, dachte ich mit verzweifeltem Galgenhumor, doch die Omegas haben uns.

13. KAPITEL

ELENA

»Noch fünfzehn Minuten, dann schließen wir, Kinder«, sagte die Bibliothekarin. Inzwischen wirkte sie nicht mehr so froh über junge Menschen, die sich um Wissen bemühen. Jetzt sah sie nur noch so aus, als ob sie uns loswerden wollte.

»Hast du irgendwas gefunden?«, fragte ich Todd, der Daten in einen der Computer der Bibliothek eingab, umgeben von dicken Nachschlagewerken. Es war komisch. Nachdem er seine ursprüngliche Abneigung überwunden hatte, schien Todd diese Art von Detektivarbeit sogar zu mögen. Es sah auch so aus, als sei er darin ziemlich gut. »Irgendetwas, womit wir weitermachen könnten?«

Todd hörte auf zu tippen. »Ich habe die zwei Geschichtsarchive der Stadt mit Telefonbüchern und Schuljahrbüchern verknüpft, mit allem, was uns irgendwelche Informationen verschaffen könnte«, antwortete er mutlos.

»Keine Masons?«, fragte ich.

»Im Gegenteil«, antwortete er. »Tausende! Dörfer, Städte, Fabriken, Firmen. Hausbesitzer, kleine Kinder, Rentner. Alle heißen Mason.«

»Es ist anscheinend ein sehr häufiger Name«, fiel mir dazu nur ein.

Todd seufzte. »Wir waren den ganzen Tag hier und haben nichts erreicht.« Er knallte voller Wut seinen Stift auf den Tisch. »Ich verstehe es einfach nicht!«

Irgendetwas ging mir auch im Kopf herum. Ich konnte das Gefühl nicht abschütteln, dass die Antwort genau hier war, irgendwo in diesem Gebäude, verborgen unter dem Stapel von alten Büchern. Sie sprang uns förmlich an, dessen war ich mir sicher. Und wie ich aus der Vergangenheit wusste, hatten meine Eingebungen die Angewohnheit, sich zu bewahrheiten.

»Wir können ja morgen wieder kommen«, erinnerte ich ihn.

»Wahrscheinlich«, antwortete er mürrisch. »Wenn die Omegas uns nicht bis dahin gefangen haben.«

Gerade, als er das gesagt hatte, hörten wir, wie die Eingangstür zur Bibliothek aufschwang. Jemand kam noch so spät in die Bibliothek? Aus dem Nebenzimmer hörten wir die Bibliothekarin jemanden warnen:

»Wir schließen in fünfzehn Minuten.« Aber zu wem sagte sie es?

Todd und ich sahen einander mit den gleichen Gedanken an: Ein Omega? Der Raum mit den Nachschlagewerken hatte keine Fenster und keine Feuerleiter. Wir saßen in der Falle. »Mach dich bereit im Notfall zu rennen«, sagte Todd.

Als der späte Besucher um die Ecke kam, hätte ich vor Erleichterung auflachen können.

»Toni! Was tust du denn hier?«, fragte ich sie, als sie auf dem Stuhl neben Todd zusammenklappte. Anscheinend stimmte irgendwas nicht. Sie atmete schwer und sah aus, als wolle sie gleich anfangen zu weinen. »Was ist denn los?«

»Sie haben ihn«, stammelte sie. »Sie haben Ethan.«

»Was soll das heißen?«, fragte Todd. »Wer hat Ethan?«

»Die Omegas«, antwortete sie. »Sie haben dort auf uns gewartet. Ich bin entkommen. Ethan nicht.«

»Ist er . . . tot?«, fragte ich.

»Ich weiß es nicht«, antwortete sie. »Sie haben versucht mich mit dem Auto zu überfahren. Ethan hatten sie in diesem Auto gefangen. Ich war in einer Sackgasse mit einer Steinmauer hinter mir, und das Auto fuhr mit ungefähr hundert Meilen pro Stunde auf mich zu. Kurz bevor es mich überfuhr, schaffte ich es, per Zeitsprung wegzukommen.« Sie machte eine Pause und ihre Unterlippe zitterte. »Wenn ihm irgendwas passiert ist, weiß ich nicht, was ich mache.«

»Warte mal einen Moment«, sagte Todd. »Ihr beiden wart doch im Jahr 1945! Wie konnten die Omegas überhaupt wissen, dass ihr beide dort wart?«

»Das ist genau das, was wir auch dachten!«, sagte Toni. »Ich dachte: Das macht keinen Sinn. Sie können nicht hier sein! Aber mit einem zwei Meter großen froschäugigen Monster kannst du nicht diskutieren.«

»In der Polizeiarbeit«, meinte Todd, »gibt es immer zwei Erklärungen, wenn eine Undercover-Operation fehlschlägt oder wenn die Verbrecher dir stets einen Schritt voraus sind. Die eine ist, dass ein Verräter in deiner Mitte ist.«

»Ich denke, das können wir ausschließen«, sagte ich. »Was ist Erklärung Nummer zwei?«

»Dass wir verwanzt worden sind«, antwortete Todd.

»Verwanzt?«, wiederholte Toni. »Aber wie? Wann? Wo?«

Ein krank machender Gedanke kam mir. »Oh mein Gott«, sagte ich und drehte mich zu Todd. »Du und ich . . . wir haben monatelang in den Tanks der Omegas geschlafen. Wer weiß, was sie mit uns gemacht haben.« Ich legte eine Hand auf meinen Bauch und mir wurde richtiggehend übel. »Vielleicht haben sie eine Wanze . . . in uns versteckt.«

»Vielleicht . . . aber das glaube ich nicht«, sagte Todd. »Wenn die Wanze an dir oder mir wäre, warum sollten wir dann beide immer noch hier sein? Die Omegas hätten uns inzwischen schon längst gefasst, oder?« Er runzelte die Stirn und rieb sich das Kinn. »Nein, ich tippe eher darauf, dass sie die Telefonleitungen unserer Familien angezapft haben, weil sie hofften, dass wir bei unseren Eltern anrufen würden, sobald wir zurück sind.«

»Aber wir haben sie ja nicht angerufen!«, rief Toni aus. »Ethan hat uns gesagt, wir sollen nicht.«

»Das stimmt«, pflichtete Todd ihr bei. »Wir haben sie nicht angerufen. »Aber Jack und Ashley haben den ganzen Tag lang das Telefon seiner Eltern benutzt . . .«

». . . und die Omegas haben wahrscheinlich die ganze Zeit mitgehört!« Ich schlug frustriert mit der Faust auf den Tisch. »Wie konnten wir nur so blöde sein?«

»Wir müssen sie warnen!«, sagte Toni mit aufgerissenen Augen.

»Dafür ist es wahrscheinlich schon zu spät«, meinte Todd seufzend.

Toni stand auf. »Draußen ist ein Telefon. Hat jemand von euch Kleingeld und Jacks Nummer?«

»Mach dir keine Mühe«, sagte ich zu ihr. »Ich habe eine schnellere Möglichkeit, als anzurufen.«

Ich schloss die Augen und konzentrierte mich. Es war eine Weile her, seit ich dies hier versucht hatte, und einen Moment lang hatte ich Angst, ich würde nicht mehr wissen, wie es geht. Aber ich nehme an, Astralprojektion ist ungefähr so etwas wie zuzusehen, wie Jack Raynes in der Talentshow der siebten Klasse den Spice Girls Tribut zollt: Etwas, was ich niemals vergessen würde. Selbst wenn ich wollte.

In Gedanken stieß ich mich vom Boden ab . . . und plötzlich schwebte ich über dem Tisch, sah auf Todd und Toni hinab und meine eigene Körperhülle, die ich dort zurückgelassen hatte. Ich sah zu, wie mein Körper seitlich zusammensackte, als ob ich schliefe.

Das Bild unter mir verschwand, als mein Geist durch die Decke des Raumes stieg. Einen kurzen Augenblick befand ich mich innerhalb des dunklen, Spinnweben verklebten Dachbodens der Bibliothek, dann drang ich durch das Dach und in den offenen, Sternen überzogenen Himmel.

Über mir warf der Vollmond einen silbernen Schein über die Bäume und Dächer. Eine Sekunde lang war ich ganz gefangen davon, wie hübsch meine kleine Stadt aussah.

Dann raste ich wie ein Blitz zu Jacks Baumhaus.

Fünf Minuten später war ich zurück.

»Na?«, fragte Todd. »Waren sie dort?«

Ich schüttelte den Kopf, immer noch ein wenig benommen von meinen Flug. »Nein, aber Ashley hat eine Nachricht hinterlassen. Sie sind zu einem Professor namens Mason Krieger an der Madison University gegangen«, erzählte ich. »Er wollte heute Abend abreisen, deshalb mussten sie sich beeilen, dort hinzukommen, ohne uns vorher informieren zu können.«

»Er musste zufällig heute Abend in eine andere Stadt ziehen?«, fragte Todd. »Das klingt für mich ziemlich verdächtig.«

»Für mich auch«, fügte Toni hinzu. »Rufen wir in seinem Büro an. Wenn sie sicher angekommen sind, gut. Wenn nicht . . .«

Sie musste ihren Gedanken nicht zu Ende führen. Wir wühlten in unseren Taschen und kratzten alle Münzen zusammen, die wir hatten – Madison ist ein Ferngespräch –, dann eilten wir zum Ausgang.

Plötzlich bewegte sich der Boden, das Zimmer begann sich zu drehen und ich taumelte gegen eines der Bücherregale. Zuerst dachte ich, wir seien mitten in einem anderen Zeitbeben, bis ich bemerkte, dass es niemand außer mich betraf. Ich verspürte das Schwindelgefühl, das gewöhnlich einer meiner übersinnlichen

Vorahnungen vorausging – wie zum Beispiel, als ich die Ratten gesehen hatte.

Wovor wollten mich meine Kräfte diesmal warnen? Kamen die Omegas?

Meine Sicht war verschwommen. Ich fasste an das Regal, um mich abzustützen, mich auf meinen geheimnisvollen Blick in die Zukunft vorzubereiten.

Aber er kam nicht. Stattdessen starrte ich, als meine Sicht wieder klar wurde, auf eine ordentliche Reihe von Büchern. Oder, besser gesagt, auf die Buchrücken. Oder, noch besser gesagt: auf die Lösung des Rätsels.

Ich wirbelte herum zu Todd und Toni, die bereits auf halbem Weg zur Tür hinaus waren. »Wartet, Leute!«, rief ich ihnen nach. »Es ist eine Ausleihnummer!«

»Was?«, sagte Todd und kam zurück in die Bibliothek. »Was ist eine Ausleihnummer?«

»JL5.1945. Es ist eine Ausleihnummer für ein Buch. Sucht einfach das Buch mit dieser Nummer auf dem Rücken!«

Es war keine Zeit zu verlieren. Toni ging vor zur Telefonzelle, während Todd und ich in der Bibliothek blieben und panisch die Bücherregale nach der JL-Abteilung durchsuchten – wie sich herausstellte, die Abteilung für Genetik und Gentechnik. Es schien, als sei es ein sehr aktuelles Thema – es gab dutzende von Büchern, die wir durchsehen mussten. Wir brauchten Glück. Unmöglich konnten wir all diese Bücher durchsehen, bevor ...

»Die Bibliothek ist geschlossen«, sagte eine Stimme so nahe hinter uns, dass ich zusammenzuckte. Es war die Bibliothekarin, die aussah, als ob sie kein »Nein« – oder nicht einmal ein »Vielleicht« – als Antwort akzeptieren würde. Sie schlang ein rosa Tuch um ihren Hals, als wollte sie sagen: Gehen wir! »Kommt doch morgen wieder während unserer normalen Öffnungszeiten.«

»Wir brauchen nur noch einen Moment«, bat ich. »Es ist sehr wichtig.«

»Tut mir Leid«, sagte sie. »Aber wenn ich bei euch eine Ausnahme mache und euch länger bleiben lasse, muss ich das bei den anderen auch machen.«

Ich sah mich um. Soweit ich feststellen konnte, waren wir die Einzigen, die verrückt genug waren, so lange hier bleiben zu wollen. Aber ich wusste, dass dieses Argument die Frau vor mir nicht überzeugen würde.

»Ich habe es! Definitiv!«, schrie Todd plötzlich. Er hielt ein Buch hoch mit dem Titel »Neukombination in der Gentechnik« von Alice Mason, Ph.D.

Augenblicke später standen wir am Schalter zur Bücherausgabe, wo die Bibliothekarin unwillig unsere Karte einlas. »Ich hoffe, ihr habt gefunden, was ihr ge-

sucht habt«, sagte sie und reichte uns das Buch. »Guten Abend.«
Man brauchte keine übersinnlichen Kräfte, um die Worte zu hören, die sie am liebsten hinzugefügt hätte: Und kommt bloß nicht so schnell wieder.

Als wir Toni abholen gingen, las ich den Rückseitentext des Buches. »Wenn das nicht eine neue Falle ist, muss es das sein, was Mr Koto uns finden lassen wollte«, sagte ich zu Todd.
»Es kann genauso gut auch beides sein«, meinte Todd. »Vielleicht haben die Aliens bereits herausgefunden, was Mr Koto vorhatte, und sie haben schon überall Leute hingeschickt.«
»Das ist das Risiko, das wir eingehen müssen«, antwortete ich. »Wir haben keine Wahl mehr. Hör dir das an.« Ich las vor: »Dr. Alice Mason promovierte in Genetik an der University of Kent in England. Sie lebt und forscht in Metier, Wisconsin.«
»Ich weiß nicht«, sagte Todd. »Es klingt immer noch zu perfekt. Wir müssen einen Notfallplan haben, falls es eine Falle ist.«
Toni stand draußen und ging nervös auf und ab. »Was ist los?«, fragte ich, obwohl ich mir bereits denken konnte, was sie sagen würde.
»Ich habe bei der Nummer angerufen, aber es gab kei-

ne Verbindung. Also habe ich bei der Vermittlung der Uni angerufen«, erzählte sie. »Sie haben keinen Professor Mason Krieger. Soweit sie wissen, gibt es ihn auch nicht.« Sie sah besorgt aus. »Leute, das sieht ziemlich ernst aus.«

»Wo immer Ashley und Jack sind«, sagte ich, »eines ist ziemlich sicher. Sie sind nicht mehr in Wisconsin.«

14. KAPITEL

ETHAN

In einem Raumschiff der Omegas gefangen gehalten zu werden ist an sich schon frustrierend genug. Meine Freunde und ich waren in stabile Plastikzylinder voll gelber Flüssigkeit gesteckt worden, wie in einem Zirkus mit zur Schau gestellten Absonderlichkeiten. Ohne Hilfe, das war mir klar, gäbe es kein Entkommen. Nicht einmal meine Superkräfte würden mir hier helfen.

Aber das wirklich Frustrierende war, dass ich zuhören musste, wie meine Entführer Pläne machten, Pläne, die den Untergang meiner Freunde bedeuteten, und ich war völlig machtlos dagegen.

Die Ironie war, dass ich noch Glück gehabt hatte. Bei dem Autounfall wäre ich sehr wahrscheinlich getötet worden. Als Toni sprang, hatte der Streifenwagen keine Chance mehr gehabt, rechtzeitig anzuhalten. Wir

wären in die Mauer gerast, mit mehr als siebzig Meilen pro Stunde.
Doch dank der ausgeklügelten Omega-Technologie wurde der ganze Streifenwagen von dem Fangstrahl ihrer Zeitmaschine in den nächtlichen Himmel gesogen.
Mir ging es gut. Natürlich nur bis auf die Tatsache, dass ich ein Gefangener von Wesen war, die mich und meine ganze Rasse vernichten wollten.
Und das genau war es, was sie gerade im Augenblick planten, gleich außerhalb meines Plastikgefängnisses. Der Anführer der Omegas, zu erkennen an seiner silbernen Uniform, sprach mit einem Spion der Omegas über einen der vielen Bildschirme an den Wänden.
»Wir haben den Hinweis von Alpha 8 entschlüsselt«, berichtete der Spion. »Wenn die restlichen Alpha-Nachkommen dies ebenfalls getan haben, werden wir dort sein und auf sie warten.«
»Gut«, sagte der Anführer. »Vergesst nicht: Ihr müsst vorsichtig sein. Alles hängt von unserem Erfolg ab. Alles!«
Wenn das stimmte, dann hing alles davon ab, dass ich meine Freunde warnte. Irgendwie musste ich mich befreien. Aber wie?

15. KAPITEL

TODD

Wir beschlossen keine Zeit zu verlieren und sofort Dr. Alice Mason aufzusuchen. Schließlich wohnte sie hier in der Stadt. Natürlich war es spät am Abend. Aber ich dachte, wenn wir ihr erst einmal erklärt hätten, dass das Schicksal der Menschheit auf dem Spiel stand, würde sie das verstehen.

Wir kamen kurz nach zehn Uhr an dem winzigen Reihenhaus am Stadtrand an. Nach dem, was auf dem Buchumschlag stand, war das auch der Ort, wo Dr. Mason ihre ganzen Nachforschungen anstellte. Zu unserer Überraschung brannte immer noch Licht.

»Dr. Mason ist wahrscheinlich eine Nachteule«, meinte ich.

»Oder sie hat vergessen das Licht abzudrehen«, erwiderte Toni.

Als wir näher an das Labor herangingen, bemerkte ich

etwas. »Dann hat sie noch etwas vergessen«, fügte ich hinzu, »nämlich die Tür zu schließen.« Ich deutete auf das Licht, das aus der offenen Tür in die dunkle Nacht fiel.

»Das macht mir aber gar keinen guten Eindruck«, flüsterte Toni, während wir den kurzen Weg zur Tür entlanggingen.

»Finde ich auch«, pflichtete Elena ihm bei. »Denkt ihr, jemand ist uns zuvorgekommen?«

Langsam stießen wir die Tür auf.

»Tja,« sagte ich, »entweder das oder Dr. Mason ist noch schlampiger als Jack.«

Der Raum war völlig verwüstet. Zerbrochene Teströhrchen waren auf dem Boden verstreut. Metallstützen, Petrischalen und kaputte Teile wissenschaftlicher Ausrüstung lagen überall bunt durcheinander. In einer Ecke schoss ein zerstörter Computer Funken wie ein Tischfeuerwerk.

Dies war natürlich keine zufällige Unordnung. Dies war vorsätzlich angerichtet worden. Jemand hatte absichtlich dieses Labor zerstört. Aber warum?

»Wer immer ihr seid, ihr kommt zu spät«, sagte eine Stimme traurig.

Wir wirbelten herum und entdeckten eine Frau Mitte dreißig, die bewegungslos auf der anderen Seite des Raumes stand. Sie trug einen weißen Laborkittel, ihr

aschblondes Haar war zu einem Pferdeschwanz zusammengebunden.
Das Erste, was ich bemerkte, war, dass Dr. Alice Mason in Wirklichkeit viel hübscher aussah als auf dem Foto ihres Buchumschlags.
Das Zweite, was ich bemerkte, war, dass sie einen merkwürdigen Stein in ihrer Hand hielt.
»Was ist denn hier passiert?«, fragte Elena.
»Vielleicht werde ich das noch erklären. Aber lasst uns zuerst in meine Wohnung gehen und die Rollos herunterziehen.«

Dr. Masons Wohnung befand sich gleich neben ihrem Labor – wahrscheinlich sehr praktisch, wenn dein Leben aus deiner Arbeit besteht und umgekehrt. Sie ließ uns an ihrem Küchentisch Platz nehmen und stellte einen Wasserkessel auf, um Tee zu machen.
Bis der Teekessel pfiff, hatten wir ihr alles erzählt, was wir wussten. Sie hörte schweigend unserer phantastischen Geschichte von Alphas, Superkräften und der zukünftigen Apokalypse zu. Als wir fertig waren, saß sie mit großen Augen da und sah ziemlich skeptisch aus.
Es schien ein Kommunikationsproblem zu geben und ich wusste auch, wie es zu lösen war.
»Dr. Mason, haben Sie eine Sicherheitsnadel?«, fragte ich.

Sie suchte kurz in ihrer Küche, während wir ein wissendes Lächeln austauschten. Als sie mit der Nadel zurückkam, nahm ich sie und stach mir sofort in meinen Daumen. Der kleine Schmerz war die Sache wert – als Dr. Mason mein silbernes Blut sah, war sie sofort wie gelähmt, so schockiert war sie.

»Und ich bin dafür verantwortlich?«, fragte sie schließlich und starrte auf den silbernen Punkt auf meinem Daumen.

»Wir wollten Ihnen die gleiche Frage stellen«, antwortete ich.

»Sieht so aus, als müsste ich nun doch einiges erklären«, sagte Dr. Mason. Sie goss uns noch einmal Tee ein und setzte sich auf einen Stuhl.

»Dies alles begann in meinem ersten Job«, erzählte sie, »nachdem ich das Studium abgeschlossen hatte. Ich hatte gerade meinen Doktor gemacht und arbeitete für eine große pharmazeutische Firma in Chicago. Die Firma wollte, dass ich meine Forschungen, über die ich in meiner Doktorarbeit geschrieben hatte, fortsetzte. Es ging darum, wie menschliche Gene mit Genen von verschiedenen Tieren gekreuzt werden können, um neue, bessere Supergene zu schaffen. Diese pharmazeutische Firma dachte, dass meine Arbeit ein Weg sein könnte, um Menschen gegen Krankheiten immun zu machen. Doch solange wir nicht tatsächlich irgendetwas in einem Labor beweisen konnten, war alles Sciencefiction.«

In Dr. Masons Augen lag ein träumerischer, entrückter Ausdruck. »Und sieben Jahre lang blieb es Sciencefiction. Fehlschlag um Fehlschlag. Ich konnte die tierischen Gene einfach nicht mit den menschlichen verbinden. Schließlich wollte die Firma kein Geld mehr an mein Forschungsprojekt verschwenden. Sie boten mir Arbeit an einem anderen Experiment an, doch ich lehnte ab. Dies war schließlich mein Lebenswerk.«

Sie lächelte uns an. »Es stellte sich heraus, dass der Wechsel des Arbeitsplatzes das Beste war, was mir passieren konnte. Ich beschloss nach Metier zurückzugehen, in meine Heimatstadt, wo mein Vater noch lebte. Ich hatte all meine Sachen gepackt und war bereit zu gehen. Und dann passierte das Allermerkwürdigste.«

Sie legte den Stein in die Mitte des Tisches. »Mein Vater, Professor Reginald Mason, ist Geologe. Er gab mir dieses Stück eines Meteors an meinem achtzehnten Geburtstag als Glücksbringer. Aber ich hatte ihn völlig vergessen, bis ich packte, um Chicago zu verlassen. Da entdeckte ich ihn, unten in der Schublade bei meinen Strümpfen. An diesem Abend unternahm ich ein letztes Experiment, diesmal mit dem Glücksbringer

meines Vaters auf meinem Schreibtisch. Albern, oder?«
Keiner von uns antwortete. Wir starrten alle auf den eigenartigen metallischen Stein.
»Aber wisst ihr, was?« Sie sah in unsere erwartungsvollen Gesichter. »Es funktionierte! Ich hatte Erfolg! Irgendwie – ich weiß immer noch nicht genau, wie – hat der Stein die DNA beeinflusst, denn nach elf Jahren Misserfolg hatte meine Theorie gesiegt. Ich war nie vorher in meinem Leben so glücklich gewesen. Und im Flugzeug zurück nach Metier kam es mir: Warum meine Experimente darauf begrenzen, den Leuten zu helfen, dass sie keine Erkältungen mehr bekamen? Es gab alle Arten von anderen Richtungen, die ausprobiert werden konnten! Man konnte jemand unter Wasser atmen lassen oder mit übermenschlichen Reflexen ausstatten oder . . .« Ihre Stimme wurde leiser. »Nun, die Möglichkeiten schienen endlos.«
Sie machte eine Pause, dann fuhr sie fort: »Glücklich über den Erfolg der eigenen Arbeit zu sein ist eine Sache. Aber ich war unvorsichtig. Sobald ich in Metier gelandet war, rief ich all meine Freunde an, um ihnen von meinen Forschungsergebnissen zu berichten. Ich schrieb mein Buch, stellte sogar einiges von meiner Grundlagenforschung ins Internet. Ich richtete mir ein Labor hier in Metier ein, genau das, welches ihr

nebenan gesehen habt, und begann damit, meine Ergebnisse zu verifizieren. Und ich hatte Recht. Ich war etwas Bedeutungsvollem auf der Spur. Und bedeutende Leute begannen es zu bemerken.«

»Dann wissen Sie also, wer Ihr Labor durchwühlt hat?«, fragte Toni.

»Nun, seit einigen Wochen habe ich Anrufe von jemandem im Pentagon bekommen, der daran interessiert ist, mich für weiter gehende Forschungen anzustellen. Sobald mir klar wurde, dass er im Verteidigungsministerium arbeitete, antwortete ich ihm, dass ich nicht daran interessiert sei, bei der Herstellung von Waffen mitzuhelfen. Wir hatten kein besonders angenehmes Gespräch. Dieser Herr beendete die Unterhaltung, indem er mir erklärte, dass er das Ergebnis meiner Experimente so oder so bekäme. Dann legte er auf.«

»Das erklärt einiges«, sagte Elena. »Wir wissen, dass es die Regierung ist, welche die Omegas konstruiert.«

»Aber was keinen Sinn macht . . .«, sagte Dr. Mason und kniff die Augen zusammen, »ist, dass sie all meine Laborausstattung und Unterlagen mitnahmen, aber das Wichtigste zurückließen – den Glücksstein.«

»Es gibt nur eine einzige Antwort«, erwiderte ich. »Sie konnten ihn nur dann zurücklassen, wenn sie bereits andere von seiner Art hatten.«

»Aber das ist unmöglich«, erwiderte sie. »Es gibt keine solchen Steine mehr. Er kommt aus dem All!«
Ich erinnerte mich an die schwarzen Laster, die uns fast überfahren hätten. Die gleichen, die wir danach beim Reservoir gesehen hatten. Ich erinnerte mich an die Männer, die wir dabei beobachtet hatten, wie sie etwas Schweres in einen dieser Laster luden. Plötzlich hatte ich eine ziemlich gute Vorstellung davon, was das gewesen war.
»Ehrlich gesagt, Ma'am, ich denke, der Stein ihres Vaters ist nur ein kleiner Teil von einem größeren Meteoriten. Einem, der hier vor Millionen von Jahren einschlug.«
»Meinst du den Meteor, der das Reservoir geschaffen hat?«, fragte Elena.
Ich nickte.
»Warum lässt uns dieses blöde Reservoir nicht endlich in Ruhe«, schrie Toni auf. »Jedes Mal, wenn wir uns umdrehen, ist es wieder da. Als ob es uns verfolgt!«
»Aber Todd«, sagte Elena mit einem fragenden Blick, »als wir in der Schule die Meteore behandelt haben, sagte Mr Holland, dass der Einschlag vergleichbar war mit einer Bombe. Der Krater draußen am Reservoir hat einen Durchmesser von etwa einer halben Meile. Wäre der Meteor beim Aufschlag nicht völlig zerstört worden?«

»Wenn es ein normaler Meteor wäre, vielleicht«, antwortete ich, »aber ich habe das Gefühl, es hat noch etwas anderes mit diesem Gestein auf sich, das wir nicht wissen. Auf jeden Fall möchte ich darauf wetten, dass die Leute in den schwarzen Lastern, die wir am Reservoir gesehen haben, den Auftrag hatten, die Meteorstücke einzusammeln.«
»Dann haben wir verloren«, meinte Dr. Mason. »Denn das ist alles, was die Regierung jetzt noch braucht, um die Omegas zu entwerfen. Dann können wir sie nicht mehr aufhalten.«
»Na ja«, meinte Toni nachdenklich, »dann müssen wir die Steine eben von ihnen stehlen.«
»Stehlen?«, fragte ich. »Sie werden bestimmt unter Sicherheitsstufe eins aufbewahrt und das Pentagon nimmt Sicherheit ziemlich ernst.«
»Außerdem«, fügte Dr. Mason hinzu, »könnte dieser Meteor in jedem von einem Dutzend Regierungslaboratorien in einem Dutzend Staaten im ganzen Land sein.«
»Das ist er jetzt«, antwortete Toni, »aber gestern war er das nicht.«
»Was meinst du damit?«, fragte Dr. Mason. »Dass wir in der Zeit zurückreisen?«
Wir drei Kids warfen uns einen Blick zu.
»Wir sollten vielleicht am besten dahin zurückreisen,

bevor der Einschlagskrater ein Reservoir wurde«, überlegte Elena, »bevor er sich mit Wasser füllte. Sonst wird es vielleicht zu schwierig, das Meteorgestein zu finden.«

»Faszinierend«, sagte Dr. Mason. »Ihr könnt tatsächlich in die Vergangenheit reisen?«

»Ja«, antwortete ich. »Das ist das Gute daran.«

Plötzlich war die Luft von einem lauten Summen erfüllt. Unsere Teetassen klapperten in ihren Untertassen. Ein grelles Licht überflutete die Fenster des kleinen Hauses. »Wenn wir nicht sofort hier wegkommen«, stieß Toni hervor, »denke ich, werden wir gleich das Schlechte daran erfahren!«

Ich teilte langsam den Vorhang und achtete darauf, mich nicht am Fenster sehen zu lassen.

Das Raumschiff der Omegas hing über dem kleinen Haus. Es gab keinen Ausweg – jedenfalls nicht zu Fuß.

»Es sind die Omegas! Sie haben uns gefunden!«

»Wir müssen den Zeitsprung machen«, sagte Elena, »sofort!«

»Wartet mal, Leute«, protestierte Toni. »Ich brauche etwas Zeit, um mich vorzubereiten! Wenn wir so weit zurückspringen, gibt es bestimmt ein Zeitbeben!«

»Das ist das Risiko, das wir eingehen müssen«, erwiderte ich. »Unser Leben hängt davon ab.«

Ich konnte hören, wie die Balken des Hauses unter der

Einwirkung des Omega-Schiffes knarrten. Die Bretter des Fußbodens zitterten. Es klang, als ob sie versuchten es aus seinen Grundmauern zu reißen! »Komm schon, Toni!«, schrie Elena. »Wir müssen hier weg!«

»Mom«, sagte Toni und blickte nach oben, »als ich dieses Versprechen gegeben habe, hätte ich dir wahrscheinlich sagen sollen, dass mein Leben ein einziger langer Notfall ist!«

»Geht nur. Ich werde mich im Keller verstecken«, sagte Dr. Mason zu uns. »Hinter mir sind sie sowieso nicht her. Rettet euch!«

Wir fassten uns an den Händen. Toni schloss ihre Augen und konzentrierte sich. Das ganze Haus schwankte nun. Ich betete im Stillen, dass sie in der Lage war, die Energie aufzubringen, die sie unter diesen Umständen brauchte.

»Viel Glück!«, rief Dr. Mason uns nach.

Dann gab es einen heftigen Lichtblitz und wir waren weg.

16. KAPITEL

JACK

Wenn du irgendwohin reisen musst, kann ich dir nur dringend empfehlen keine Omega-Zeitmaschine zu benutzen. Ganz besonders nicht, wenn du zu der Zeit ein Gefangener bist. Das ist die Hölle. Und damit meine ich etwas in der Größenordnung von »Schlimmste Reise im Guinness-Buch der Rekorde«.

Möglicherweise glaubst du mir ja nicht. Vielleicht musstest du mal mit deinem Freund und dem kleinen Bruder deines Freundes irgendwohin fahren und ihr wart alle stundenlang auf dem Rücksitz zusammengequetscht und dann hat der kleine Bruder sich übergeben und wahrscheinlich denkst du, das ist das Schlimmste, was einem passieren kann. Aber das ist es nicht. Noch lange nicht. Glaub mir.

Oder meinetwegen, glaub mir nicht und versuch mal bewegungslos zehn Stunden in einem Zylinder voll gelblichen Schleims in einem Raumschiff zu verbringen, das nicht für menschliche Verhältnisse gebaut wurde. Das ist echtes Leiden. Bis du das nicht versucht hast, ist alles andere wie eine Nacht auf einer Federkernmatratze.

Um alles noch schlimmer zu machen, begann das Raumschiff unserer Entführer plötzlich zu zittern wie eine Waschmaschine mit Nervenzusammenbruch. Mir wurde langsam ziemlich schlecht.

Was, wenn ich mich übergeben musste? Husten? Aufstoßen? Meine Nahrung verlieren? Ich hatte ungefähr zehn weitere Möglichkeiten, um das Wort speien zu umschreiben, aber je mehr ich darüber nachdachte, desto wahrscheinlicher war es, dass es passierte. Und die Vorstellung, dass mein Mittagessen für den nächsten Monat direkt vor mir hing, war mehr, als ich ertragen konnte.

Als ob irgendeine höhere Macht mich gehört hätte, begann das Raumschiff heftig von einer Seite auf die andere zu schlingern. Gar nicht gut! Ich versuchte nun verzweifelt den Inhalt meines Magens nicht zu verlieren.

Das Zittern wurde zu einem heftigen Schaukeln. Ich konnte sehen, wie die Omegas in der Schaltzentrale umhergeworfen wurden und panisch versuchten sich an irgendwelchen Geländern festzuhalten. Ich hätte

gelacht, wenn ich nicht kurz davor gewesen wäre, mich zu übergeben.
Da wurde mir eines klar: Irgendetwas stimmte nicht. Das Schiff war völlig außer Kontrolle geraten. Und dann kam mir die Erkenntnis: ein Zeitbeben!
Die Plastikzylinder schwankten wie wild hin und her. Als der gelbe Schleim um mich herumschwappte, machte ich mich auf das Schlimmste gefasst: Ich würde der erste Mensch sein, der in einem Raumschiff ertrank.
Mit einem Schnappen brach mein Zylinder von seinem Sockel weg und fiel auf die Seite. Na toll, dachte ich. Nicht nur dass ich ein Gefangener in einem Raumschiff von Aliens war, ich rollte jetzt auch noch herum. Vielleicht würde ich als ausgefallenes Spielzeug für irgendwelche kleinen Omegas enden: Heh, Kinder! Das ist Jack-in-der-Dose – der schreiende Junge, der rollt!
Wumm! Mein Plastikzylinder stieß an einen Gegenstand. Ich drehte den Kopf und sah undeutlich Ethans Gesicht. Er war gegen das Plastik seines umgestürzten Tanks gequetscht und versuchte meine Aufmerksamkeit zu gewinnen. Er deutete auf den Hauptkontrollraum, wo einige Omegas zur rückwärtigen Tür rasten. Über der Tür stand Rettungskapsel. Nicht so ermutigend!

Ich sah zurück zu Ethan, der zu einem Instrumentenbord an der Rückseite des Raumes gerollt war. Sein Gesicht, nur noch undeutlich sichtbar durch die Masse von gelblichem Schleim, sah ziemlich panisch aus. Ich merkte bald, warum – auf einem riesigen Monitor an dem Instrumentenbord blinkte das Wort NOTFALL mit einem kleinen Timer darunter, der die Sekunden zählte.

23 . . . 22 . . . 21 . . . 20 . . .

Mir ging ein Gedanke durch den Kopf: Entweder diese Omegas geben eine verrückte Silvester-Party oder ich habe nur noch zwanzig Sekunden zu leben . . .

17. KAPITEL

TONI

»Was denn?«, stieß ich trotzig hervor. »Ihr habt gesagt, wir müssten weit zurückgehen.«

»Na ja«, meinte Todd bitter, »das hier ist sicher weit genug.«

Wir blickten auf die weite, felsige Wüste, wo eines Tages das Reservoir entstehen sollte. Genau: Wüste! Kein Wald. Kein Krater. Der Meteor hatte noch nicht einmal eingeschlagen.

»Hört mal«, zischte ich, »ich habe heute ziemlich viel durchgemacht. Ich trage ein bescheuertes T-Shirt. Ein paar blöde Rassisten haben mich beschimpft. Meine tote Mutter hat mir gesagt, ich sei zu impulsiv. Ich wurde wegen eines Kapitalverbrechens verhaftet und dann stellten sich die Polizisten als Omegas heraus, die anschließend versuchten mich mit einem Streifenwagen zu überfahren. Okay? Das ist nicht gerade die

Art und Weise, wie ich meine Jugend verbringen wollte. Also das nächste Mal, wenn ihr mit haargenauer Treffsicherheit ein paar Millionen Jahre in die Vergangenheit springen wollt, dann macht es doch gefälligst selbst!«

»Du brauchst gar nicht gleich sauer zu werden«, erwiderte Todd. »Ich wollte nur sagen, es wäre wahrscheinlich leichter, den Meteor zu klauen, wenn er tatsächlich hier wäre, auf der Erde, und nicht immer noch dort draußen, im tiefen Raum. Okay? Es ist nicht deine Schuld. Es ist niemandes Schuld. Er ...«

»... kommt«, sagte Elena und schnitt ihm das Wort ab.

»Wer?«, fragten Todd und ich gleichzeitig.

Elena schwankte leicht von Seite zu Seite. Ihre Lider flatterten. Sie war in einer heftigen Trance, da gab es keinen Zweifel. »Er kommt«, wiederholte Elena, »der Meteor. Er kommt direkt auf uns zu.«

»Wann?«, fragte Todd. »In einem Monat? Einem Jahr?«

»Jetzt«, antwortete Elena und riss die Augen auf. »In jeder Minute! Wir müssen rennen!«

Instinktiv blickten wir alle zum Himmel. Und tatsächlich, in den Wolken blitzte ein grelles Licht, das auf uns zustürzte. »Zu spät«, murrte Todd.

Mir wurde plötzlich klar, dass wir sterben würden.

»Elena«, sagte ich und legte eine tröstende Hand auf ihre Schulter, »wenn ich jemals irgendetwas gesagt habe, was deine Gefühle verletzt hat, über deine Haare oder irgendetwas, möchte ich, dass du weißt, dass . . .«

Sie hörte mir gar nicht zu. »Heh«, rief sie aus. »Das ist überhaupt kein Meteor! Das ist . . .«

Ihre Worte wurden von einem anderen Geräusch übertönt, als dieses grelle Etwas ungefähr fünfzig Meter weiter aufschlug. Zu unserer Überraschung und Erleichterung klang es mehr nach einem bösen Autounfall als nach einer apokalyptischen Kollision. Was immer den Krater von Metier geschaffen hatte, das war es nicht.

»Es ist das Raumschiff der Omegas!«, erkannte Elena. »Wir müssen es mit uns durch die Zeit gezogen haben!«

»Du denkst doch nicht, dass Ethan und die anderen an Bord waren?«, fragte Todd mit zitternder Stimme.

Ich hoffe es zumindest nicht, dachte ich.

Wir eilten hinüber zu der Stelle, wo das Raumschiff auf die Erde gekracht war. Metall war über der ganzen Wüste verstreut. Es sah aus wie die Fotos von einem Flugzeugabsturz, die ich mal in Zeitschriften gesehen hatte. Eine schwarze Rauchwolke stieg von der Absturzstelle auf. Wir wagten es nicht, das Schiff zu berühren. Es war immer noch weiß glühend vom Wiedereintritt. Brandspuren waren an den Seiten zu sehen und die Luft war erfüllt mit dem scharfen Geruch von brennendem Metall.

»Sie müssen es einfach geschafft haben . . .«, betete ich laut.

»Was ist das?«

Ein gelber Zylinder – wie ein übergroßes Teströhrchen – rollte aus der zerstörten Kugel heraus und blieb etwa zwanzig Meter zu unserer Linken liegen. Ich ging hinüber, um ihn genauer zu betrachten, blieb dann aber stehen, als er hin und her rollte. Und wenn das noch nicht unheimlich genug war, schien das Teströhrchen zu rufen – mehr wie ein Flüstern – und zwar: meinen Namen.

»Toooonniiii!«

Es klang wie Jack. Konnte er tatsächlich diesen Aufprall überlebt haben? Ich machte noch einen Schritt und sah Jacks Gesicht inmitten von gelbem Schleim gegen eine Seite des Röhrchens gepresst. Aber natürlich! Dies war einer der Zylinder der Omegas für ihre Gefangenen. Ich legte meine Hand über Jacks Gesicht und sie hinterließ einen Abdruck in der weichen, wachsigen Plastikhülle des Tanks.

»Toooniii! Ich bin kein Museumsausstellungsstück! Lass mich hier raus!«

Wir schnitten den Tank mit Todds Taschenmesser auf und Jack kroch heraus wie ein Baby aus dem Bauch. Er wischte sich übers Gesicht, blinzelte und versuchte das Klebzeug loszuwerden.
»Geht's dir gut?«, fragte ich.
»Ja, klar. Ich bin wirklich entspannt. Um genau zu sein, ich denke, ich werde mir eine Tube von dem gelben Zeug für zu Hause besorgen und mich ab und zu hineinlegen. Du weißt schon, für einen Kick«, erwiderte Jack.
Eine Stimme kam von hinter uns. »Mach nur deine Witze, Jack, aber das gelbe Glibberzeug hat uns das Leben gerettet!«
Wir drehten uns um. Da stand Ashley und sie sah aus, als ob sie durch das Wackelpudding-Armageddon gegangen sei. Sie humpelte auf uns zu. Silbernes Blut tropfte aus einer kleinen Wunde an ihrer Stirn, aber sonst sah sie ganz okay aus.
»Fragt mich nicht, denn ich weiß auch nicht, was passiert ist. Als ich wieder zu Bewusstsein kam, lag ich auf dem Boden in einem Haufen Glibber. Wo sind wir denn überhaupt?«, stieß Ashley hervor.
»Wir sind in Metier und warten auf den . . .«
Mitten im Satz bemerkte ich, dass Todd und Elena in den Himmel hinter mir starrten, den Mund weit offen.

»Dreh dich um, Toni«, sagte Elena und wandte den Blick nicht vom Himmel.

Aus ihrem Tonfall wusste ich, dass ich mir nicht einen hübschen Regenbogen oder eine Wolke, die wie ein Häschen geformt war, ansehen sollte. Nein, es war etwas ziemlich Schlimmes.

Ich war nicht darauf vorbereitet, wie schlimm.

Mit einem unglaublich hellen Lichtstreif raste der echte Meteor auf uns zu, derjenige, der das Reservoir erschaffen würde, die Omega-Experimente und uns. Wir befanden uns nicht direkt in seiner Bahn, aber ich hatte von der zerstörerischen Wucht von Meteoreinschlägen gelesen. Unsere einzige Hoffnung, den Druckwellen zu entkommen, bestand darin, dass wir sofort anfingen zu rennen.

»Bevor wir von hier fliehen . . . wo ist Ethan?«, fragte ich.

»Ist er nicht bei dir? Dann muss er . . .« Ashley blickte entsetzt auf das rauchende Schiff.

»Ihr rennt schon voraus«, sagte ich zu ihnen. »Ich muss Ethan suchen.« Ashley wollte protestieren, aber ich hob die Hand. »Streite jetzt nicht mit mir. Du durftest das letzte Mal die Heldin spielen. Jetzt bin ich dran.«

»Aber Toni«, sagte Todd, »was ist mit dir? Selbst wenn du ihn befreist, werdet ihr nicht genug Zeit haben, um wegzukommen.«

»Vielleicht nicht«, antwortete ich. »Aber irgendjemand muss Ethan aus diesem Blechhaufen herausholen. Jemand, der seinen Arm in einen Schweißbrenner verwandeln kann. Und soviel ich weiß, gibt es hier niemanden außer mir, auf den die Stellenbeschreibung passt.«

»Toni, das kannst du nicht machen«, sagte Jack. »Das steht fest.«

»Falsch«, erwiderte ich. »Ich kann es. Obwohl es lieb von dir ist, dass du versuchst mich abzuhalten. Und ich sag dir was. Mein Leben ist nicht in Gefahr. Ich habe einen Plan.«

Sie sahen mich nur an. Ich wusste, dass jeder von ihnen meinen Platz eingenommen hätte. Aber mir war klar, dass ich die Einzige war, die diesen Job erledigen konnte.

»Bitte«, drängte ich. »Verschwindet von hier. Bevor es zu spät für uns alle ist.« Ohne ihnen noch eine Gelegenheit zu geben, etwas dagegen zu erwidern, drehte ich mich um und kletterte ins Wrack.

Hätte er nicht so gestöhnt, ich hätte ihn nie gefunden. Durch Ethans Stimme geleitet, kämpfte ich mich durch zerstörte Geräte und eingedrückte Gänge. Er befand sich nicht mehr in seinem Zylinder – die Überreste davon lagen in der Ecke und der Schleim tropfte langsam heraus. Ethan lag in der entgegengesetzten

Ecke, gefangen unter einem riesigen Instrumentenkontrollbord. Eine große Metallkiste hatte sich von der Wand gelöst und sein Bein eingequetscht. »Alles in Ordnung mit dir?«, fragte ich.

Okay. Ich weiß. Blöde Frage!

»Es ist nicht gebrochen oder so was. Ich kann es nur einfach nicht herausbekommen.« Ethan zog mit aller Kraft an seinem Bein. Selbst mit seiner Superkraft gelang es ihm nicht, sich zu befreien. Die einzige Möglichkeit, ihn hier herauszubekommen, war, dass jemand das Metall wegschweißte, das sein Bein einzwängte. Und dieser jemand war ich.

»Keine Sorge«, sagte ich zu ihm. »Ich bringe dich hier raus.«

Ich legte meine Handflächen auf den Bordcomputer. Glücklicherweise konnte ich immer noch einen elektrischen Strom darin pulsieren spüren. Ich konzentrierte mich und plötzlich merkte ich, wie ich die Energie aufsaugte, wie Limonade durch einen Strohhalm. Ich hoffte, es war genug. Ich brauchte jedes Volt, das ich aufbringen konnte.

»Also«, sagte ich und versuchte beiläufig das Thema zu wechseln, während ich mich auflud, »wo sind denn all die Omegas hin?« Ich blickte mich in dem zerstörten Raumschiff um. Es gab kein Zeichen von unseren froschäugigen Feinden.

»In der Notkapsel«, antwortete Ethan und lachte fast. »Ich wette, das tut ihnen jetzt Leid.«

»Warum denn?«, fragte ich.

»Weil das die Notkapsel ist«, erwiderte er und nickte in Richtung einer undefinierbaren Masse von zerquetschtem Metall ganz zuunterst des Wracks. »Nicht viel von einer Notkapsel übrig, oder?«

Ich wollte schon nicken, da hörte ich es.

Es war wie ein entferntes Rumpeln, wie eine Fahne, die in einem heftigen Wind flattert.

Der Meteor. Er trat in die Erdatmosphäre ein, kam näher.

Ich löste meine Hände vom Computer.

Sieht so aus, als ob das alles an Strom ist, was ich kriegen kann, dachte ich.

Als Ethan wieder sprach, klang seine Stimme dünn und besorgt. »Werden wir es wirklich schaffen, Toni?«

Ich sah ihm in die Augen. »Daran habe ich nicht den geringsten Zweifel. Und jetzt halt still«, warnte ich ihn, als die Elektrizität durch meine Fingerspitzen lief wie ein Laser. »Dies könnte ein bisschen brennen.«

18. KAPITEL

ASHLEY

Wir rannten alle vier so schnell wir konnten. Es gab keine Deckung, keine großen Felsen, nicht einmal einen Baum, hinter dem wir uns verstecken konnten. Nur die sanften Hügel und die kühle Abendluft und keines von beiden würde reichen, um uns vor den Druckwellen eines einschlagenden Meteors zu schützen.

Gerade, als wir langsamer wurden und nach Luft schnappten, hatten wir den Rand der Ebene erreicht. Ich blickte nach unten; wir standen an einem sehr steilen, fast senkrechten Kliff. An seinem Fuß, ungefähr fünfzehn Meter unter uns, befand sich ein kristallklarer See.

»Sagt mir, dass wir nicht das tun werden, was ich glaube, dass wir gleich tun werden«, jammerte Elena schwach, als Jack ihre Hand nahm. Mir streckte er seine andere Hand entgegen. Ich packte sie mit meiner linken Hand und Todd mit meiner rechten. Wir hielten uns ganz fest.

Dann – genauso – sprangen wir kreischend und fielen . . .

Platsch!!!

. . . und trafen im Wasser auf.

»Hier dürften wir in Sicherheit sein!«, rief Todd, während er neben mir im Wasser paddelte. Ich blickte auf seinen auf- und abtanzenden Kopf und war entsetzt zu sehen, dass seine Haut grün verfärbt war. Ich dachte, er wäre krank, bis mir klar wurde, dass der ganze Himmel von einem unheimlichen, grünlich weißen Licht erleuchtet wurde, als der Meteor die Erdatmosphäre durchstieß wie eine gigantische flammende Faust. Eine Schallwelle drückte mich zurück unter Wasser, gefolgt von einem zischenden Geräusch, wie eine Leuchtrakete, kurz bevor sie explodiert – nur Millionen Mal lauter.

»Ich hoffe, Toni und Ethan sind rechtzeitig weggekommen!«, rief Elena mir zu. Sie schrie wahrscheinlich so laut sie konnte, doch ich musste ihr von den Lippen ablesen.

»Ich auch«, gurgelte ich zurück.

Aber ich hatte meine Zweifel. Ich hatte mich einige Male umgedreht, während wir weggerannt waren, und gehofft zu sehen, wie Toni und Ethan uns nachrannten – oder vielleicht jenen grellen Blitz zu sehen, der eine erfolgreiche Zeitreise anzeigte. Aber ich hatte nichts dergleichen gesehen.

Ich sprach in Gedanken ein Gebet für meine beiden Freunde und dann, als ich hoch in den flackernden grünen Himmel sah, sprach ich ein Gebet für mich selbst.

Das Geräusch des Einschlags war ohrenbetäubend – wie zwei Gewehre, die genau neben meinen Ohren abgefeuert wurden. Dann gab es eine Sekunde von unheimlicher Stille, bevor die Druckwelle kam, die mich ungefähr fünf Meter in die Luft warf. Ich wurde mit Steinchen und Staub bombardiert, dann tauchte ich wieder unter. Nachdem ich einen Augenblick unter Wasser Zuflucht gefunden hatte, wurde ich wieder in die Luft gestoßen wie in einer verrückten Waschmaschine. Eintauchen, hochschießen. Eintauchen, hochschießen. Es machte eigentlich fast Spaß.

Während dieses Chaos fand ich mich plötzlich mitten in der Luft gleich neben Elena. Ihr Gesicht war bleich und sie hustete heftig. Aber natürlich, du Idiotin, dachte ich, nicht jeder hat die Gabe, unter Wasser zu atmen . . .

Mit zu wenig Zeit, um einen Plan zu schmieden, tauchte ich ins Wasser ein und diesmal tauchte ich mit aller Kraft tief nach unten und kämpfte gegen die Turbulenzen an. Ich schwamm so tief, dass die Flutwellen mich nur noch wie ein schwacher Wind schüttelten. Ich werde nur kurz hier bleiben und all meine Energie sammeln, nahm ich mir vor.

Bald beruhigte sich das Wasser und meine Mission konnte beginnen. Ich schoss nach oben und sah mich nach Beinen um. Schließlich entdeckte ich ein Paar, bekam die Taille darüber zu fassen und begann an das entfernte Ufer zu schwimmen. Ich spürte einen Ellbogen in meine Rippen stoßen und blickte hoch in Todds entsetztes Gesicht.

»Ich versuche dir zu helfen, Todd«, rief ich ein wenig gereizt.

Er gurgelte nur und hustete, doch ich konnte zumindest seinem veränderten Gesichtsausdruck ansehen, dass er unglaublich erleichtert war.

Ich brachte Todd ans Ufer und während der ganzen Zeit hustete und würgte er. Nachdem ich ihn mit dem Gesicht nach unten auf den Sand gelegt hatte, zog ich ihm das Hemd aus und legte es über seinen Kopf, um die staubige Luft von seinen Lungen fern zu halten. Ich machte einen Moment Pause, um wieder Kraft zu tanken, und sah mich um. Die Luft war so dicht mit Staub erfüllt, dass die Sonne kaum mehr sichtbar war. So weit ich sehen konnte, war die Welt eine wirbelnde, verschwommene graue Wolke und die Erde unter mir bebte immer noch.

»Asshhhhhh . . .«

In der Ferne konnte ich gerade noch Elenas Gesicht ausmachen, das wieder unterging. Sofort war ich im Wasser und schwamm auf die Stelle zu, wo ich sie gesehen hatte. Keine Elena, nirgends. Ich tauchte nach unten und sah ihren leblosen Körper nach unten treiben, wie ein Blatt, das von einem Baum fällt. Ich packte sie, stieg mit ihr hoch und brachte sie zum Ufer. Mit schmerzenden Armen und klopfendem Herzen erreichte ich das Ufer und . . . brach zusammen.

»Komm schon, Ashley. Komm schon . . .«

Jemand zupfte an meinem Hemd und schlug mich leicht auf die Wangen.

»Ich muss doch nicht das Froschmädchen auch noch retten, oder?« Jacks Sarkasmus konnte die Anzeichen von Panik in seiner Stimme nicht völlig überdecken.

»Ganz bestimmt nicht, Superboy«, erwiderte ich mit einem schwachen Lächeln. »Wo ist Elena?«, fragte ich, als ich mich plötzlich an meine fast ertrunkene Freundin erinnerte.

»Genau neben dir, Ash. Du hast mir das Leben gerettet«, antwortete Elena.

»Mit ein wenig Hilfe vom Onkel Doktor!«, fügte Jack hinzu.
»Ja, Jack behauptet, er sei ans Ufer geschwommen, hätte gesehen, wie ich Wasser hustete, und hätte mich mit Mund-zu-Mund-Beatmung wieder ins Leben geholt, doch ich kaufe ihm seine Heldengeschichte nicht ab«, sagte Elena. Ich hätte nicht sagen können, ob sie einen Witz machte oder nicht.
Ich brachte die Kraft auf, mich aufrecht hinzusetzen. Der Staub hatte sich etwas gelegt, aber es war immer noch schwer, zu atmen.
»Kommen wir doch mal zum Nächstliegenden. Wie weit zurück sind wir?«, fragte sich Todd. »Tausend Jahre? Zwanzigtausend?«
»Mehr so was wie eine Million«, warf Jack ein. »Wir sind hier in einer Zeit, lange bevor der erste Mensch auftauchte. Hier draußen könnte sich alles Mögliche befinden.«
»Wie sollen wir denn nach Hause kommen?«, fragte ich. »Was können wir tun?«
»Es gibt nur eines, was wir tun können«, antwortete Todd. »Auf Toni zu warten. Hoffen wir, sie vergisst nicht zurückzukommen und uns zu retten.«
»Hoffen wir, dass sie überlebt hat«, fügte ich hinzu und starrte auf den tiefen Krater.
Entweder hatte Toni unseren Freund Ethan rechtzei-

tig befreit und sie hatten sich per Zeitsprung gerettet . . . oder wir konnten den Rest unseres Lebens in prähistorischer Wildnis verbringen.

Ich schauderte.

Die Sonne war eine rote Scheibe am Horizont. Es würde bald dunkel werden. Und kalt. Ich zog das nasse T-Shirt enger um mich und mir wurde plötzlich klar, wie unangemessen gekleidet ich war – wir alle.

In der Ferne war ein Laut zu hören – der Schrei eines Tieres – lang und einsam wie das Lied eines Wales oder das Heulen eines Wolfes.

Eines stand fest: Was immer dieses Geräusch machte, es war nicht alleine.

Sein Heulen wurde bald von einem anderen Heulen beantwortet. Und von noch einem. Dann weiteren.

Zum ersten Mal seit langem schienen die Omegas noch die geringste unserer Sorgen zu sein.